EXAMEN CRITIQUE

DE

LA BOURSE

COMÉDIE EN CINQ ACTES EN VERS

DE

M. FRANÇOIS PONSARD

Membre de l'Académie française;

PAR

M. JULES MARET-LERICHE

C'est peu qu'en un ouvrage où les fautes fourmillent,
Les traits d'esprit semés de temps en temps petillent.
BOILEAU, *Art poétique.*

50 centimes

PARIS

ALPH. TARIDE, LIBRAIRE—ÉDITEUR

2, RUE MARENGO, 2

(Ancienne rue du Coq-Saint-Honoré.)

1856

EXAMEN CRITIQUE

DE

LA BOURSE

PARIS. — IMP. SIMON RAÇON ET COMP., RUE D'ERFURTH, 1.

EXAMEN CRITIQUE

DE

LA BOURSE

Comédie en cinq actes en vers

DE M. FRANÇOIS PONSARD

MEMBRE DE L'ACADÉMIE FRANÇAISE

PAR

M. JULES MARET-LERICHE

C'est peu qu'en un ouvrage où les fautes fourmillent,
Les traits d'esprit semés de temps en temps petillent,

BOILEAU, *Art poétique.*

PARIS

A. TARIDE, LIBRAIRE-ÉDITEUR

2, RUE MARENGO

Ancienne rue du Coq-Saint-Honoré.

1856

EXAMEN CRITIQUE

DE

LA BOURSE

L'Odéon vient d'obtenir un très-*bruyant* succès ; les bravos, les cris, les trépignements dont pendant trois heures les voûtes du théâtre ont retenti ne peuvent manquer d'avoir des échos qui se prolongeront longtemps et se répéteront au loin.

Le soir de la première représentation, rien n'a manqué au triomphe de l'auteur. Un parterre mi-parti d'amis et de claqueurs a voulu lui faire une ovation, à laquelle il a eu l'extrême bon goût de se soustraire, bien qu'il y fût invité par les marques non équivoques de la plus hauté sympathie.

Dans la salle, la société la plus brillante était réunie, ou plutôt entassée.

L'Empereur était là, avec son hôte le roi de Wurtemberg.

Les ministres, les grands dignitaires de l'État et quelques-uns des membres de la Conférence, parmi lesquels on remarquait le comte Orloff, placé dans une loge de face, se montraient aux premiers rangs. Quant aux autres places, à l'exception du parterre, elles avaient été envahies par tout ce que Paris compte d'illustrations dans les lettres et dans les arts.

Sur un humble rang du balcon se tenait modestement le secrétaire perpétuel de l'Académie française, M. Villemain, près duquel était assis M. Saint-Marc Girardin; et dans une étroite seconde loge on apercevait l'illustre confrère de M. Ponsard, et son collègue à l'Institut, M. Scribe, entouré de sa famille.

Mais le parrain de la nouvelle comédie, M. Jules Janin; le héraut de M. Ponsard, Achille Ricourt; MM. Théophile Gautier, Fiorentino,

Matharel de Fiennes, Méry, Jules Lecomte, etc.,
se prélassaient en grandes premières loges;
quant aux autres organes de la critique,
MM. de Villemessant, Villemot, Paul de Saint-
Victor, Jules de Prémaray, Philippe Busoni,
Lireux, Darthenay, Pierre Étienne, Ernest Gebaüer, Fontan, etc., etc., confondus dans la
foule, ils apparaissaient çà et là, qui à l'or-
chestre, qui aux secondes galeries, qui même
aux troisièmes loges.

Le succès, nous l'avons dit, a été complet;
mais avec le luminaire tout s'est éteint : le
bruit a cessé; l'enthousiasme, n'ayant plus où
se prendre, s'est calmé, et, à l'heure où le public dormait déjà d'un profond somme, la critique, encore en éveil, appelait la réflexion à
son aide, et cherchait à se rendre un compte
exact de la raison d'un pareil triomphe et à en
apprécier la valeur et la portée.

C'est le résultat de cet examen attentif et de
cette étude consciencieuse que nous allons dé-
duire ici non-seulement pour l'édification du
public, mais aussi pour l'instruction particulière de l'auteur.

Mais, avant d'exposer notre jugement sur la dernière production de l'auteur de *Lucrèce*, nous croyons nécessaire de faire connaître, en les résumant, les opinions des grands et des petits journaux.

Disons-le tout d'abord, la presque unanimité de la presse à louer, et à exalter même à l'égal d'un chef-d'œuvre, la pièce de M. Ponsard, est, à notre avis, un des faits les plus attristants qu'aura à enregistrer l'histoire de la critique moderne.

Supposer qu'il y ait eu surprise est une chose impossible.

La pièce ne contient pas de parties assez brillantes pour que leur éclat ait pu, en se projetant sur le reste, en dissimuler les nombreux défauts ; et si quarante beaux vers très-justement applaudis suffisent, ce que nous ne nions pas, pour attester une certaine disposition ou aptitude poétique, ils ne sauraient, si admirables qu'on les suppose, constituer une œuvre, et surtout un chef-d'œuvre.

Or, à moins qu'il y ait parti pris et que le mot soit donné parmi les desservants de la grande presse de louer désormais tout ouvrage vulgaire, et de réserver sa sévérité et ses colères pour les œuvres de quelque valeur, nous avouons ne rien comprendre à ce qui vient de se passer.

Établissons les faits et citons nos preuves.

A l'issue de cette représentation, l'*Entr'acte*, le doyen des journaux de théâtre, est soudainement tombé dans une attaque d'admiration épileptique qui a été suivie de trois violentes rechutes. Information prise, M. Darthenay nous a complétement rassuré sur la santé du rédacteur et sur les conséquences d'un accident tout à fait chronique.

Le surlendemain nous lisions dans l'*Indépendance belge* :

La pièce de M. Ponsard réalise tout ce que promet son titre : c'est une flagellation des rapacités et des soifs ardentes que fait naître la fièvre actuelle de l'or. C'est une longue satire, plutôt qu'une vraie comédie, car l'action y est à peu près nulle, et la plus modeste imagination suffirait à concevoir la fable que M. Ponsard a brodée de son vers pamphlétaire. (*Correspondance particulière de l'Indépendance belge.*)

Louange tempérée par de justes critiques :

la pièce est plutôt une satire qu'une comédie ;
pas d'invention, pas d'action; telle est l'opinion
du correspondant.

Écoutons maintenant M. Philippe Busoni :

> La *Bourse* n'est pas seulement un succès, c'est un
> triomphe. La peinture est vaste, les portraits s'y meu-
> vent, les détails sont fins, spirituels, charmants; le style,
> cornélien par l'ampleur, est racinien par l'élégance; d'un
> bout à l'autre, l'exécution est consciencieuse et partant
> magistrale. (*Illustration*. — 10 mai.)

> Rien n'est plus dangereux qu'un maladroit ami,
> Mieux vaudrait un sage ennemi.

Nous examinerons plus tard le style de la
Bourse, et l'on verra *s'il est cornélien par
l'ampleur et racinien par l'élégance*, et si
*d'un bout à l'autre l'exécution est conscien-
cieuse et magistrale*.

Donnons la parole à la *Presse théâtrale :*

> C'est à regret sans doute, mais nous devons le dé-
> clarer, la *Bourse* n'a répondu à aucune de nos es-
> pérances. Comme charpente, l'œuvre est nulle; comme
> style, elle pèche en plus d'un endroit; comme intérêt,
> elle laisse beaucoup à désirer ; comme portée, elle est
> plus discutable encore.

Le style s'élève quelquefois à une certaine hauteur, mais il descend parfois aussi jusqu'à la vulgarité. Dans ses vers pleins de bon sens, M. Ponsard ne pèche jamais par un excès de lyrisme. Cela est aisé, cela marche, mais cela ne plane pas. Il y a même de ci de là, des rimes étranges dont *noce* et *hausse* donneront une idée.

La pièce de M. Ponsard a le tort de ne rien dire sur la Bourse qu'on n'ait dit déjà sur tous les tons. Le coup de fouet manque. La satire fait défaut. Du reste, ce n'est point, selon nous, de la Bourse qu'il fallait parler, mais bien des boursiers. Voilà la plaie sur laquelle vous n'avez pas mis le doigt !

Vous n'avez pas osé peindre les mœurs, le langage, les habitudes de ce monde qui vit dans les bas-fonds du lieu. Vous n'avez pas osé tirer de la *coulisse* tous ces courtiers, tous ces agioteurs, tous ces tripoteurs, et nous les offrir en spectacle.

Ce jugement plein de bon sens, et formulé avec beaucoup de mesure par M. Ernest Gebaüer, pourrait bien être en définitive celui que portera le vrai public, le public qui doit très-prochainement prononcer en dernier ressort sur la valeur réelle de cette comédie.

La *Revue et Gazette des théâtres* s'est bornée à faire une simple et beaucoup trop simple analyse de la pièce; M. Pierre Étienne ne s'est pas permis la moindre critique, mais, en revanche, il abuse des citations.

Voici comment il débute :

Depuis le 22 avril 1843, six fois le succès a consacré le nom de M. Ponsard; l'Académie française lui a ouvert ses portes, l'Académie, où le théâtre était et est encore imparfaitement représenté depuis qu'elle pervertit ses institutions en appelant dans son sein tous les genres de mérite au lieu de rester ce qu'elle doit être, le centre des gloires littéraires.

Les attaques contre l'Académie sont à la mode; mais elles ne sont pas toujours du meilleur goût.

Des six pièces données jusqu'à présent par M. Ponsard, la dernière est celle qui a eu le plus de retentissement : dimanche dernier, on jouait à l'Odéon la deux cent trente et unième représentation de l'*Honneur et l'Argent*. Tous ces succès qu'il a obtenus, ce titre qui lui a été justement conféré, obligent M. Ponsard à rester toujours à sa hauteur passée. Un tel résultat est-il atteint aujourd'hui? Nous le croyons.

Le dernier mot de M. Pierre Étienne, *Nous le croyons*, ne compromet ni son goût ni son jugement; mais il avait plus et mieux à dire; nous comprenons toutefois qu'il ait cru devoir, comme ami de l'auteur, se tenir dans une réserve prudente.

Le *Messager des théâtres* a confié le soin d'exprimer sa pensée sur l'œuvre nouvelle à M. Eugène Lahire, qui, après quelques critiques légères, s'est lancé dans l'éloge à fond de train.

Malgré bien des imperfections, la pièce de M. Ponsard n'en reste pas moins une œuvre fort remarquable qui se sauve surtout par l'*éclat* du *style*. M. Ponsard *possède la vraie langue du théâtre*, et, s'il est quelquefois timide en matière littéraire, il *dit toujours ce qu'il veut dire, et le dit souvent mieux que personne.*

Nous demanderons à M. Eugène Lahire la permission de protester hautement contre une pareille opinion. Une telle indulgence constitue en matière de goût une véritable défection littéraire. Notre orthodoxie n'admet pas cette tolérance, et nous ferons plus tard à ce sujet une profession de foi complète.

M. Xavier de Montépin, un des desservants du *Mousquetaire*, use, et pour cause, de certains ménagements ; mais, à la suite d'un éloge de pure convenance, il apprécie très-nettement la valeur intrinsèque de l'œuvre.

Laissons-le parler :

A l'endroit de la *Bourse* je ne partage pas l'enthousiasme universel, et mon opinion se résume ainsi : *Prodigieuse habileté d'exécution*, forme *splendide*, *vers de bon aloi*, absence complète d'intérêt; en somme, *mieux vaut* une toute petite scène du *Gendre de M. Poirier*, ou du *Demi-Monde*, que la pièce *entière* de M. Ponsard.

Maintenant écoutons M. Jules de Prémaray :

La *Bourse* est-elle une comédie supérieure à l'*Honneur et l'Argent?* Mon Dieu! je me trouve assez embarrassé pour répondre à cette question. Dans l'une omme dans l'autre, il s'agit de la lutte de l'honneur contre l'argent. Où est la différence? Dans la peinture des mœurs de la Bourse? Ces mœurs sont bien discrètement mises en scène par M. Ponsard. Toute liberté lui étant laissée, il en a profité avec une modération extrême. Je ne rencontre dans son œuvre aucun type vigoureusement accentué. La satire dit tout ce qu'il faut dire, mais la comédie est à la cantonade...

Le vers de M. Ponsard est ferme, métallique, sonore sans être creux, d'une concision pleine de force et d'éloquence. Il a son allure à lui. Parfois l'auteur de *Lucrèce* y ajoute, avec un rare bonheur, le procédé cornélien et la façon de Molière. Ce vers a des rudesses qui vont moins à la comédie qu'à la tragédie. Le rire en jaillit difficilement. Dans l'*Honneur et l'Argent*, M. Ponsard n'était pas entièrement parvenu à faire plier son mètre altier et indocile. Cette fois, le poëte a remporté une grande victoire Sans rien perdre de ses qualités primitives, son vers a gagné comme souplesse, comme enjouement Il abonde en traits gracieux et comiques, il est aimable et gai. Le progrès est frappant, et je le signale volontiers.

Comment, après avoir cité plus de deux cents vers, peut-on dire à ceux qui les ont lus que M. Ponsard ajoute à sa manière *le procédé cor·nélien et la façon de Molière, et qu'il abonde en traits gracieux et comiques?* N'est-ce pas se moquer de son lecteur?

M. Matharel de Fiennes a bien voulu nous transmettre son opinion et nous l'expédier par voie télégraphique de sa maison des champs.

La *Bourse* est la sœur consanguine de l'*Honneur et l'Argent,* sœur par le même procédé employé, sœur par l'à-propos, sœur par le succès. Il appartenait au chef de l'*école du bon sens* (et je ne connais pas de titre plus enviable que ce titre qui a été donné à Ponsard, car le bon sens est le gouvernail [1] de l'esprit et même

---

[1] M. Alfred Michiels apprécie en ces termes ce que M. Matharel appelle le *gouvernail de l'esprit et du génie :*

« Cette forme inférieure de l'esprit humain, cette faculté rudimentaire que l'on nomme le bon sens, a pour domaine la vie commune et les fonctions les plus indispensables, mais

du génie), il appartenait au chef de l'*école du bon sens*
de peindre cette société qui, désertant la terre qui nous
fait vivre, les arts qui nous charment, les livres qui
nous font penser, se rue dans ce temple de pierre et
de marbre où tout s'engloutit, où l'on perd souvent
bonté, esprit, délicatesse, tendresse, probité, tout, y
compris l'honneur. On y entre en chair et en os, on
en sort métallisé. Il y a dans ce lieu je ne sais quel gaz
qui s'étend sur tout l'être. On a fait bien des mots nouveaux depuis peu de temps; on dit d'un produit quel-
conque qu'il est *ruolzé*, *halfénisé*; on pourrait dire d'un
homme qu'il est *boursillé*.

Le mot que propose M. Matharel n'est pas
heureux ; il est assez étrange que lui, qui a
assisté à un très-grand nombre de *pique-nique*,
ne se soit pas souvenu que *boursiller* est en
usage depuis tantôt trois cents ans, dans un
tout autre sens, et que, conséquemment, on ne

---

aussi les plus bornées de notre nature. On la trouve chez
tous les individus lucides, parce qu'elle est nécessaire à
l'entretien de notre existence. Lorsque l'animal est satisfait
en nous, la raison, l'imagination, le sentiment du beau, le
désir de connaître, l'amour et l'amitié, la vertu et l'honneur,
nous transportent dans des sphères plus hautes, qu'il est
glorieux d'atteindre. Le bon sens n'y parvient pas; il reste
fixé à la terre et dédaigne les zones supérieures. Comment
pourrait-il s'y élever? Il lui manque des ailes. »

(REVUE DE PARIS, l'*École du bon sens*.)

peut, sans inconvénient, en changer l'acception.

Mais transcrivons la péroraison lyrique et maritime de M. de Fienne :

La Bourse, c'est la mer, la mer avec ses profondeurs, ses mystères, ses grondements, ses orages, ses calmes plats, ses écueils sans nombre, son infini; c'est la mer avec les trésors qu'elle cache dans ses bas-fonds, avec les misères, les ruines, les épaves, les débris qu'elle charrie avec elle; la Bourse, c'est la mer avec ses pirates, ses corsaires, ses écumeurs. Ponsard a-t-il vu son sujet d'aussi haut? a-t-il voulu le voir? a-t-il cru qu'on lui permettrait de le voir? Ce sont là des questions auxquels je ne me charge pas de répondre. Nautonier habile, pilote qui sait tous les dangers de la côte, il a navigué prudemment pour amener à bon port sa cargaison d'alexandrins, tout chargés d'excellentes vérités. En bonne conscience, nous n'avons pas le droit d'en demander davantage au poëte; un jour peut-être on refera cette pièce, Juvénal reviendra; Ponsard aura toujours eu l'honneur de placer sur la route les premières bouées.

Après un pareil feuilleton, M. Matharel de Fienne peut solliciter, en toute confiance, dans l'administration de la marine, un des postes les plus élevés; il y a droit, et nous sommes convaincu qu'il y rendrait autant de services qu'il en a rendu dans la presse pendant quinze ans.

Les fragments qui suivent, et que nous empruntons au *Moniteur*, sont signés du nom de M. Théophile Gautier. Sans la signature il nous eût été impossible, et il aurait été assurément impossible à tous, d'en deviner l'auteur.

L'Odéon est favorable à M. Ponsard; il y a obtenu ses deux plus beaux succès dans la tragédie et la comédie : *Lucrèce* et l'*Honneur et l'Argent;* on conçoit qu'il y revienne avec une sorte de superstition. La *Bourse* n'a pas moins réussi. C'est un sujet tout moderne et, comme on dit, palpitant d'actualité. Nous manquons des connaissances spéciales nécessaires pour juger la pièce au point de vue technique. Mais pourtant, quelque étranger que nous soyons à ces sortes de choses, il nous semble qu'il y a une différence entre le crédit public et l'agiotage. Le *Jeu* serait peut-être plutôt que la *Bourse* le vrai titre de la pièce.

M. Ponsard a-t-il réellement traité ce grand sujet de la Bourse? Nous ne le pensons pas : il a fait une comédie bien écrite, sagement versifiée, dont l'idée, plus pratique que morale, peut se résumer dans cette maxime : « Quand on a gagné trois cent mille francs à la Bourse, on ferait bien de se retirer avec son gain et d'aller vivre à la campagne, après avoir épousé celle qu'on aime. »

Il serait peut-être méticuleux de faire remarquer à M. Ponsard que *hausse* ne rime pas avec *négoce* et *noce*, à moins de prononcer *nausse* ou *négausse*, ce qui n'est admissible dans aucun cas.

Jamais, de mémoire de lecteur, M. Théophile Gautier ne s'est montré si bénin et si bon enfant. On dirait que cette critique incolore a été écrite par M. Hippolyte Lucas ; on y cherche vainement l'originalité d'idées et de vues, les aperçus lumineux et le spirituel bon sens de l'ancien rédacteur de la *Presse*.

Voici maintenant, nous ne dirons pas la pensée, mais un des côtés de la pensée de M. Méry :

Le succès de cette comédie a été triomphal. M. Ponsard a mené à bonne fin une œuvre grande et vigoureusement conduite, et qui fera époque dans l'histoire de l'art. Depuis la comédie de Casimir Delavigne, le théâtre n'a pas entendu une plus belle langue; et c'est fort heureux pour nous, en ce moment où le style scénique semble tomber en décadence et céder sa place, dans les hautes régions, à la vulgaire littérature des situations et des péripéties.

Permettez-nous, monsieur Méry, de vous interrompre un moment et de vous dire qu'en faisant ici acte d'une très-grande modestie, vous commettez, sans le vouloir, une double injustice. Au seul point de vue de la langue, votre théâtre, d'une part, et, d'une autre, celui d'Émile Augier, sont très-supérieurs aux deux

comédies de M. Ponsard, auxquelles vous préfé-
rez encore, nous n'en doutons pas, les *Familles*
de M. Ernest Serret.

M. Ponsard s'est montré dans cet ouvrage poëte
comique, satirique et dramatique, au degré le plus
éminent; et, de plus, il a montré çà et là, et comme
à son insu, une habileté mystérieuse dans l'art de ne
rien négliger pour réussir complétement et plaire à
toutes les couches superposées du public, depuis le let-
tré le plus délicat jusqu'au bourgeois le plus opaque.
Je ne puis m'expliquer autrement les négligences vulgaires qui jalonnent à de rares intervalles sa comédie.
M. Ponsard est maître de sa pensée et de sa rime; eh
bien, il n'hésite pas à faire rimer *Camille* avec *docile*,
ou *mille*, ou *ville*, ou je *sai* et *confessé;* on *cherchait*
avec *recherchait*. Il écrira *peu à peu*, — *oui, oui*, — *ah!
oui*, — *eh! assez*. Il se servira des locutions et des
formes de langage les plus triviales et les plus vulgaires,
lorsqu'il lui serait si aisé de se maintenir toujours dans
une simplicité de distinction : il a même fait plus, il a
employé, dans une action de 1856, deux fois de suite le
mot *hymen* pour *mariage;* que voulez-vous? *hymen* plaît
encore énormément à une certaine couche de public,
celle qui dit *mon épouse* pour ma *femme*.

M. Méry complète son opinion d'une façon
tout à fait originale : il donne, comme poëte,
à M. Ponsard, et il use en cela de son droit,

une leçon qui a toute l'autorité d'un exemple ;
écoutons-le :

Oh ! que m'apprenez-vous ? Comment ! le vol s'étale
En plein soleil, ainsi, dans cette capitale !
On tend ces traquenards au joueur innocent !
On pipe, chaque jour, les dés du trois pour cent !
Quoi ! lorsque l'heure sonne, et qu'une foule épaisse
Suit le flux et reflux de la hausse et la baisse,
Une moitié prend l'autre et la réduit à sec
Dans ce Parthénon neuf, où triomphe le grec !
Quelle honte ! et jamais la police impuissante
Sur ce vaste étouffoir ne fait une descente,
Et ne lance à midi ses uniformes bleus
Sur le camp biscauteur des croupiers frauduleux !
Quoi ! lorsque dans Paris des Laïs en retraite
Organisent le soir une banque secrète,
Et font à leurs amants, réunis à huis clos,
Perdre quarante sous péniblement éclos,
Dix agents apostés montent à l'escalade,
Déracinent les gonds, forcent la barricade,
Et confisquent, en bloc, meubles, joueurs honteux,
Et le cuivre amassé sur un châle boiteux !
Et dans ce temple grec, tout peuplé de victimes,
Cet écarté tournant des rois illégitimes,
Ce baccarat de bourse, où par de sûrs moyens
Les grecs en paletot dépouillent les troyens,
Aucun sergent ne vient troubler le sacrifice,
Aucun Samson légal n'ébranle l'édifice,
Et ne lance, vengeant l'honneur universel,

Sur ses murs démolis la charrue et le sel!
Tout cela, mon ami, me paraît fort étrange.
Vous le dites, c'est vrai, car un agent de change
Ne peut pas faire erreur en un sujet pareil;
C'est clair comme le jour, lorsqu'on a du soleil!
Mais alors expliquez une autre chose; dites,
Qu'allez-vous faire, vous, dans ces banques maudites?
Vous êtes dans le camp vertueux; vos sixains
Ne sont pas biseautés comme ceux des voisins,
Je le sais; vous pouvez, auprès de la corbeille,
Distinguer, d'un œil sûr, le frelon et l'abeille;
Vous connaissez le mal, et nommez les auteurs;
Mais vos mains ont touché les mains des biscauteurs;
Mais vous respirez l'air si près de leur haleine,
Qu'on peut vous croire aussi quelque peu philhellène;
Car il ne suffit pas de s'indigner ici!
En public ce débat devrait être éclairci;
Puisque vous connaissez si bien les équipées
De ces faiseurs de tours et de chances pipées;
Puisque vous surprenez, en moment opportun,
Tous les délits commis par les primes *dont un*,
Pourquoi, le cœur ému d'une colère sainte,
Ne les chassez-vous pas de la pudique enceinte,
Ces joueurs, quand ils ont leurs gilets remplis d'as,
Ces grecs du trois pour cent, ces faux Léonidas?
Et, si vous n'osez pas d'une main redoutable
De l'Augias boursier purifier l'étable,
Sortez avant ce soir de ce tripot hideux.
Va-t'en, me dites-vous? Soit, partons tous les deux!
Que le parquet soit grec, ou grecque la coulisse,
Si vous ne parlez pas, le silence est complice,

Et, quand vous me priez, d'un ton de confident,
De garder sur vos grecs un mutisme prudent,
Moi, nourri dans les champs, né dans un autre monde,
Pur de tout pacte vil, de tout contact immonde,
Je sens au fond du cœur mes instincts révoltés
Contre ces tours d'escrocs que vous me racontez;
Sur la place publique alors je vais descendre,
Et, dussé-je trouver des sourds, comme Cassandre,
Guidé par mon devoir, je dénonce à grands cris,
Les ruses de Sinon aux troyens de Paris!

M. Jules Janin, qui a vu poindre, naître, grandir et s'épanouir, presque à son foyer, la comédie nouvelle, en a fait l'éloge, ce qui est tout simple; mais, oubliant un moment sa quasi paternité, et revenant, comme à son insu, à ses habitudes et à son métier, il fait entendre à M. Ponsard d'assez dures vérités.

La *Bourse* est une gerbe de toutes sortes de fleurs et d'épines négligemment liée par un brin de paille. — Dans la *Bourse* et dans l'*Honneur et l'Argent*, c'est le même souffle, et c'est la même grâce abondante et magistrale. C'est la même parole active et sérieuse, et des sourires et des murmures, et çà et là, piquantes et provocantes, mille observations fines, délicates, curieuses, de temps à autre un soupir, une tristesse, un regret... Mais aussi comme on écoute, avec quel zèle et quelle attention! Tout y passe, et la satire et le sermon, et l'élégie et l'idylle, et l'élégance et le *patois*, puis *mille négligences*, un sans-gêne incroyable, une rime exquise amenant une *rime impossible*, un sang-froid, une clarté : il y a du poëte, il y a du bourgeois, il y a du paysan, et toutes sortes d'éléments vrais dans cette heureuse comédie.

Terminons nos citations par une page de solide critique extraite du *Figaro*, et empruntée à un article de M. Villemot :

Pourquoi tant de bruit, de mouvement, de démarches, de rumeurs ? — L'Odéon a-t il dépensé cent mille francs en cartons peints ? — Va-t-il montrer un âne savant ? — S'agit-il d'un mélodrame à surprises ? — Frédérick-Lemaître, Rachel, la Ristori et quelques autres auraient-ils eu la fantaisie de mettre leur génie en pique-nique pour interpréter quelque œuvre inédite d'une poétique audacieuse et nouvelle ? — Non. — Il s'agit d'une comédie en cinq actes et en vers, jouée par les comédiens ordinaires de l'Odéon.

Alors qu'y a-t-il ?

Il y a que, quoi qu'on en dise, et quoi qu'il puisse dire lui-même, Ponsard est un homme heureux, — peut-être le plus heureux qu'il y ait dans sa sphère. Toutes les sympathies viennent à lui sans que jamais une contestation timide essaye de se produire. — Il a du talent et pas d'envieux, — il a un noble caractère et pas de détracteurs, — il a sa part des faiblesses humaines, et on trouve que ses défauts donnent un attrait

de plus à sa physionomie ; — il exploite une forme
littéraire tombée en désuétude, condamnée par le mouvement de son temps, et il passionne la foule ; — tous
ceux qui marchent dans sa voie gagnent à peine de
quoi payer la copie de leur manuscrit, et chacune de
ses comédies lui rapporte la valeur d'un domaine en
France et de deux villas en Italie, — il a un succès
éclatant qui projette son ombre sur tous ses émules, et
pas un mauvais sentiment ne se trahit, et son succès
semble une fête de famille.

Si vous étudiez plus attentivement les procédés de ce
talent sobre et sévère, vous serez plus étonné encore
de cette merveilleuse fortune. — Pas une audace, pas
une tentative, pas une concession aux aspirations ma-
ladives des esprits avides de nouveauté. — Des mots
épuisés. mais remontés et éclatants dans des hémistiches
bien cadencés ; — une aptitude particulière à s'assimi-
ler l'esprit public pour le lui renvoyer ; — une grande
autorité dans l'expression des sentiments généreux,
quelle que soit d'ailleurs leur vulgarité ; une humeur
hautaine et dédaigneuse pour les mœurs du siècle ; —
un certain frémissement qui semble un réveil dans une
époque de sommeil ; — la passion de l'honnêteté instan-
tanément imposée à deux mille spectateurs très-vicieux
et subitement charmés de s'immoler sur l'autel de la
vertu ; — une sobriété d'action qui laisse presque
constamment le moraliste en scène ; — des naïvetés
de combinaison qui font sourire comme la grâce indé-
cise d'un enfant ; — une langue, tantôt robuste comme
celle du Gaulois, tantôt parée d'images rustiques comme
celle d'Horace et de Virgile ; — voilà les éléments et les

instruments de travail du poëte. — Il semble que Ponsard réussisse autant par ses défauts que par ses qualités, tant les uns et les autres sont solidaires dans sa manière. — Il est au moins évident que quiconque essayerait d'imiter ses procédés échouerait contre ce grand écueil qu'on appelle l'indifférence: — Il est donc évident aussi que des qualités très-supérieures se dégagent, dans les œuvres de Ponsard, d'une forme qui, maniée par d'autres, n'obtiendrait même pas les honneurs d'une critique malveillante.

Après avoir fait connaître ce que pensent les principaux organes de la critique de la nouvelle comédie de M. Ponsard, il nous reste à en donner une analyse et à la juger à notre tour comme œuvre dramatique d'abord, et ensuite comme œuvre littéraire.

M. Ponsard, en donnant à sa nouvelle comédie le titre de la *Bourse*, prenait envers le public un engagement sérieux. L'entreprise était audacieuse et la tâche difficile à remplir : le monstre qu'il se proposait de combattre, hydre aux cent têtes, Protée aux mille formes, sans cesse poursuivi, harcelé, honni, conspué depuis un demi-siècle, allait donc enfin, on le croyait du moins, recevoir une terrible et sanglante flétrissure !

En 1826, M. Empis avait pris l'*agiotage*
à partie. Écoutée avec un véritable plaisir, sa
comédie fut vivement applaudie, mais la leçon
ne profita à personne. Depuis ce jour, les attaques avaient été moins directes, et l'on s'en
était seulement pris à quelques individualités.
Chaque soir on sacrifiait en effigie, sur le théâtre, quelques sectateurs du Mammon, mais l'i-
dole elle-même, d'heure en heure plus puis-
sante, voyait, en dépit des petites persécutions,
son culte s'étendre, ses doctrines pénétrer dans
tous les esprits, et les décrets souverains pro-
clamés chaque jour dans son temple allaient
agiter comme d'un frémissement magnétique
tout un monde grouillant d'agioteurs. Le grand
seigneur et son valet de chambre; le juge, l'avo-
cat et le client; le propriétaire et le portier; la
duchesse, la danseuse, la dévote et la courtisane, nul n'était à l'abri de cette fièvre dévo-
rante.

Devant l'immensité du mal, devant la plaie
profonde, M. Ponsard a reculé, et, quand le
seul titre de sa comédie avait soulevé l'émotion

générale, son œuvre, rassurant les plus timorés et les plus coupables, a laissé retomber à plat la curiosité si fort excitée avant le lever du rideau.

Cette comédie n'est point la *Bourse*, c'est encore moins le *Boursier*. On n'y voit pas se dérouler le tableau des luttes de l'homme aux prises avec la fortune ; les secrets du temple ne sont pas dévoilés; ce n'est pas non plus le développement d'un caractère d'agioteur; on ne nous montre que sous un voile obscur les initiés aux mystères du lieu. C'est un épisode, le chapitre premier de la spéculation, la simple histoire d'un joueur naïf qui gagne d'abord et persiste à jouer jusqu'au jour où bénéfices, première mise, sommes empruntées, tout est englouti.

Léon Desroches, un cousin germain du Georges de l'*Honneur et l'Argent*, tout aussi jeune, tout aussi riche d'illusions et non moins confiant dans son étoile, aime la fille d'un brave propriétaire de campagne nommé Bernard. Par un malheur assez commun, les fortunes des deux amants forment un contraste trop grand pour permettre à un bon père, selon le monde, de consentir à leur union. Aussi M. Bernard prie-t-il plus ou moins poliment notre amoureux de cesser des visites qui pourraient nuire au mariage qu'il projette pour sa fille avec un hobereau ennuyeux, mais millionnaire. Léon, désespéré, vend sa terre, réalise soixante mille francs et accourt à Paris chez un ancien camarade, desservant patenté, et fort en crédit, du temple de l'agio. Faire fortune ou mourir, telle est sa résolution. — La fortune est femme, et partant coquette ; elle sourit à ses nouveaux amants... et ce sourire vaut cent mille écus à Léon. En ce moment, lui dit son ami, les arbres sont en fleurs, les champs pleins de poésie; pars, va-t'en. Mais conseiller la prudence à un joueur heureux, c'est peine perdue. Quel est le spéculateur qui ne sent pas la fièvre du gain brûler son sang quand des liasses de billets de banque et des monceaux d'or couvrent sa table? Léon poursuit ses opérations. En vain celle qu'il aime est venue le retrouver à Paris. Il est riche, il peut être heureux; mais il a gagné, et il veut gagner plus encore; alors

la chance tourne, et les pertes se succèdent
si rapidement, qu'il est trop engagé pour re-
culer et ne pas risquer tout son bien. Il a
juré à sa fiancée de ne plus jouer ; mais, dans
l'espoir de tout regagner, il fait bon marché de
son serment. Bientôt sa ruine est consommée ;
le futur beau-père, atteint lui-même par son
désastre, rompt avec lui ; Camille, blessée dans
sa confiance, lui retire son affection ; tout l'ac-
cable ; la mort lui semble dès lors son unique
refuge ; il y veut recourir… mais une main l'arrête. Un ancien officier, Reynold, son rival,
vient, au nom de Camille, lui défendre de
commettre cette dernière lâcheté. Quand on
a failli, on n'a pas le droit de mourir, il faut
expier sa faute. Il lui offre un labeur pénible
qui sera pour lui un moyen de réparation.
Léon accepte. Enfin, un an plus tard, Reynold,
sur le point d'épouser Camille, s'aperçoit que
l'amour de la jeune fille pour Léon est trop
profondément enraciné dans son cœur pour que
l'oubli puisse y faire place à un nouvel amour.
Alors il se sacrifie, et Léon, réhabilité par une
laborieuse expiation, obtient le pardon de celle
qui l'a toujours aimé.

Tel est le frêle canevas sur lequel M. Ponsard a brodé, à gros points, sa comédie. Il était difficile, il faut l'avouer, de choisir un sujet qui répondît moins aux promesses du titre. Pour toute leçon, le spectateur emporte un simple avis sur le danger des jeux de Bourse et l'instabilité d'une veine; il apprend que l'on peut gagner un jour et perdre le lendemain, et que la modération dans le gain constitue le parfait honnête homme; ce qui n'est ni neuf ni moral.

L'intérêt de ce drame, nul pendant les deux premiers actes, ne commence qu'au milieu du troisième, quand on apprend de la bouche de Léon qu'il perd cent mille francs. Jusque-là, le spectateur reste froid et indifférent. Et, en effet, à qui s'intéressera-t-il? Est-ce à Léon, qui n'est qu'une sorte d'amoureux sans amour et de joueur sans passion? Est-ce à Camille, espèce de matrone romaine, guindée et solennelle, tout à fait hors de place dans cette action? Est-ce à Reynold, qui a toute la noblesse, mais aussi toute la roideur de la vertu? Certes, l'intérêt pouvait être immense, non pas avec la fable conçue par M. Ponsard; mais il lui était

si facile d'en imaginer une autre, et de nous
montrer son héros en lutte avec la passion
fatale du jeu, la maîtrisant d'abord, puis vaincu
et écrasé par elle. Il aurait pu alors nous
peindre les transformations morales qui s'opè-
rent par degrés dans l'âme d'un initié, nous
démontrer comment un cœur candide et pur se
vicie dans cette atmosphère corrompue, comment un esprit droit et honnête se fausse dans
la fréquentation des croupiers et des coulissiers,
comment enfin un homme, digne d'estime au
point de départ, arrive graduellement, après
avoir tenté la fortune dans un but excusable, à
se livrer corps et âme à l'horrible passion du
jeu et à y tout sacrifier.

En développant le caractère trop épisodique
de Reynold, il eût établi un heureux contraste. Nous l'aurions voulu moins rude, et
plus habile à se faire aimer, édifiant laborieu-
sement sa fortune, et gagnant peu à peu,
dans l'estime de Camille d'abord, puis dans
son affection, tout le terrain qu'y aurait suc-
cessivement perdu le spéculateur. Quel déses-
poir alors pour celui-ci, et surtout quels re-

mords, lorsque, cherchant à rattacher les restes de son existence à l'amour négligé, il eût trouvé cet amour tué par le mépris, et qu'il n'eût pu s'en prendre qu'à lui seul de l'immensité de sa misère. Ce n'était plus une comédie, mais un drame. Qu'importe? Regardez autour de vous. Écoutez le récit de ces péripéties de Bourse qu'on se dit à l'oreille. Écoutez-en le dénoûment. Est-ce donc autre chose? Oui, le drame était là, vivant, terrible ; c'eût été l'histoire d'hier et aussi celle de demain. Alors un pistolet aurait eu le droit de conclure et aurait utilement et moralement conclu. Le public serait sorti du théâtre, ému et contristé, quelques-uns auraient fait de mauvais rêves; mais ce coup de pistolet eût retenti dans plus d'un cœur, et eût peut-être arrêté plus d'un imprudent prêt à risquer aujourd'hui ses ressources suprêmes et avec elles son honneur et celui des siens.

Tous ces éléments dramatiques, qui appartiennent étroitement au sujet, ont disparu sous la plume de M. Ponsard. L'ensemble de son œuvre est froid, et le monde, qu'il a essayé de peindre, semble n'avoir posé devant lui que dans l'antichambre d'un coulissier de bas étage A l'exception de deux ou trois types usés qui ont traîné sur tous les théâtres, aucun de ses personnages ne reproduit un caractère.

Comment donc, avec une aussi grande stérilité d'imagination, une observation si superficielle, des procédés d'exécution qu'on peut comparer au ponsif, l'auteur de la *Bourse* s'est-il attiré si fort les sympathies de la masse? Voilà ce que nous ne pourrions dire sans faire le procès au public.

Les deux héros de ses deux comédies sont les mêmes et entrent parfaitement dans l'habit de M. Laferrière, qui, pour représenter le second, n'a eu qu'à repasser son premier rôle. Il en est de même de Rodolphe-Reynold-Tisserant. Quant au notaire de l'*Honneur et l'Argent*, il a, depuis le dernier succès de M. Ponsard, acheté une charge d'agent de change. Enfin dans Camille, nous retrouvons Laure, plus raisonnable et plus raisonneuse, et parlant de son amour, avec toute la majesté de langage d'une princesse de tragédie :

Qu'il n'aille pas surtout, dans une rage impie,
Déshonorer sa mort, *ayant flétri* sa vie,
Et se soustraire en lâche à l'expiation
Qu'impose à ses remords sa mauvaise action ;
Dites-lui qu'il se doit, qu'il me doit à moi-même
D'épargner *à tous deux* cette honte suprême ;
Qu'il ne me force pas, par un dernier *forfait*,
A rougir devant tous du choix que j'avais fait ;
Que s'il n'est mon mari, c'est assez qu'il dût l'être
Pour que de s'avilir il ne soit plus le maître,
Et qu'enfin j'apprendrai de loin, avec plaisir,
Tout ce qui m'absoudra de l'avoir pu choisir.

Ces vers sont beaux, mais déplacés dans la bouche de mademoiselle Bernard, fille d'un bon campagnard et petite-fille de quelque fermier. La scène du serment est touchante, et l'intérêt d'autant plus grand, que le spectateur devine que Léon se parjurera; mais, avec plus de simplicité, l'effet eût été plus grand encore. Le ton emphatique de Camille, l'air pénitent de Léon, à genoux, la main étendue comme pour attester les dieux, prêtent à rire, quand on réduit ce serment prétentieux à sa plus simple expression, et M. Ponsard lui-même a fait le procès à son exagération, en intercalant, dans les vers sonores que déclame Camille, les expressions empruntées à l'argot des agents de change et des coulissiers : *règlement suprême, quels que soient les cours.*

Nous avons négligé de mentionner M. Bernard, et pour cause : ce n'est que le père bonhomme de toutes les comédies de Picard et d'Alexandre Duval, avec une nuance d'inconvenance de plus, toujours prêt à raconter à sa fille ses aventures galantes, et à lui faire de ces égrillardes confidences que le père le moins pudibond rougirait de laisser arriver jusqu'à l'oreille de son fils.

Et cependant chaque soir de bruyants applaudissements viennent exciter l'auteur de la *Bourse* à persévérer dans cette voie mauvaise ; la presse l'encense d'un accord presque unanime... et, quand nous nous étonnons de la faveur qui s'attache à un talent aussi incomplet, nous entendons certaines personnes nous dire : « En ce temps, où l'on ne produit rien que de médiocre, M. Ponsard, faisant moins mal que ses concurrents, est conséquemment très-habile, et ses œuvres doivent être considérées comme des chefs-d'œuvre. » Quoi donc? Une œuvre dramatique est-elle une composition de collége? et pour être le premier, est-ce à dire que l'on soit fort? Dans une réunion de gens laids et difformes, estimerez-vous le moins difforme un Apollon, le moins laid un Antinoüs?

Pourquoi en serait-il autrement en littérature? Est-ce qu'on est un grand écrivain par comparaison? Il y a dans les arts un type de perfection qui se reflète clairement dans les véritables chefs-d'œuvre. Pour le reproduire fidèlement sous un de ses aspects, il faut trois qualités qui manquent essentiellement à M. Ponsard. La première est l'invention, source des fortes conceptions, des combinaisons neuves et saisissantes; la seconde est l'observation : par elle l'écrivain fait de sa comédie un miroir qui reflète avec exactitude les types que chacun voit, connaît et coudoie dans le monde; la troisième est l'exécution. Sans cette dernière qualité, on pourra être un auteur ingénieux, un observateur profond, un dramaturge habile, mais on ne laissera point d'œuvres après soi. Il faut avant tout connaître sa langue et la respecter. Aussi, quand un ouvrage se présente à nos yeux,

comme la comédie nouvelle , avec des préten-
tions à la solennité ; quand l'auteur, par le
rang qu'il occupe, se recommande à un examen sévère, avant de nous demander s'il a fait
mieux que d'autres, nous cherchons tout d'a-
bord jusqu'à quel point il s'est approché du
bien. Or, dans la comédie de M. Ponsard, l'invention est nulle, tant la fable est simple; l'observation est superficielle, tant l'imitation est
flagrante; et l'exécution est déplorable, tant
la langue est outragée et le goût blessé. Que
reste-t-il donc à l'œuvre? La gloire d'une perfection relative? Pas même. Car parmi les écrivains dramatiques vivants, il en est beaucoup
dont on pourrait justement placer les noms avant
celui de M. Ponsard. Nous ne sommes pas de
ceux qui ne regardent comme des œuvres sé-
rieuses et de haute portée que les comédies en
vers. Une prose correcte, facile et élégante,
un dialogue vif et nerveux l'emportent, à nos
yeux, sur une poésie emphatique, contournée,
froide et incolore.

Notre tâche est loin d'être accomplie, et à vrai

dire, pour nous le plus difficile commence; enfin il nous faut aller résolûment jusqu'au bout.

De l'examen de la composition, passons donc à l'étude de l'exécution, et de l'ensemble descendons aux détails.

Citons les premiers vers de la pièce :

PIERRE, entrant une lettre à la main.

Monsieur Delatour?

DUBOIS, se retournant.

    Quoi? Que voulez-vous?... Bon Dieu ! C'est toi, Pierre ! Bonjour, pays.

PIERRE.

        Tiens ! c'est Mathieu.

DUBOIS.

Je ne suis plus Mathieu ; c'est Dubois qu'on me nomme, Monsieur Dubois.

PIERRE.

Monsieur Dubois !

DUBOIS.

      Oui. — Çà, jeune homme, Que fait-on à Paris? D'où vient qu'on a quitté La charrue et les bœufs pour la grande cité?

Quel début!! Est-ce là du style? Ce dialogue a-t-il la forme, le ton, l'allure propre à la comédie?

Et quelle langue!! Qui l'emporte ici, de l'in-

correction ou de la vulgarité? D'abord, *que
fait-on* est équivoque, et *la grande cité* est
une expression tout à fait dissonante dans la
bouche d'un homme qui, trois vers plus haut,
traite Pierre de *pays.*

Continuons :

PIERRE.

Dame ! je suis venu pour suivre notre maître ;
C'est donc lui qui m'a dit d'apporter cette lettre.

DUBOIS, la prenant et lisant l'adresse.

A monsieur Delatour. — Bien, il l'aura; bonjour.

PIERRE.

Et qu'est-ce qu'il fait donc, ce monsieur Delatour?

DUBOIS.

C'est un agent de change.

PIERRE.

    Ah ! et qu'est-ce qu'il change?

DUBOIS.

Quelle simplicité ! ça n'a vu que sa grange.
Il change... à la minute, et d'un coup de crayon,
En un million rien, en rien un million.

PIERRE.

C'est un escamoteur?

DUBOIS.

    Mais qu'il est donc candide !
— Connais-tu la Bourse?

PIERRE.

    Oui; j'en connais une vide :

C'est la mienne.

DUBOIS, levant les épaules.

Mon Dieu ! — La Bourse, entends-tu bien...
Mais c'est perdre mon temps ; tu n'y comprendrais rien.

Il lui frappe sur la joue pour le congédier.

Va, mon ami.

PIERRE.

Dis donc, Mathieu ?...

DUBOIS.

Hum ! Je m'appelle
Dubois, monsieur Dubois.

PIERRE.

Suffit; je me rappelle.

Regardant le salon.

Que c'est beau ! que c'est grand ! c'est doré tout autour.
Tu dois bien gagner gros, chez monsieur Delatour ?

Ces vers offrent un spécimen de l'esprit et du ton général de l'œuvre ; tout cela assurément n'est pas du meilleur goût : la plaisanterie est lourde, le trait commun et la forme on ne peut pas plus vulgaire.

Nous doutons que depuis cent ans on ait entendu sur aucun théâtre, et qu'on puisse signaler dans un seul des anciens ouvrages de Boindin, Poisson, Hauteroche et Boursault, vingt vers aussi prosaïques et aussi ternes. Quant aux comédies de MM. Menechet, O. Leroi, Delaville, d'Épagny et Bonjour, aux pièces rimées d'Alexandre Duval et de Picard, ce sont des chefs-d'œuvre de diction auprès de cette langue incorrecte, molle et traînante, qui ne prouve qu'une seule chose, c'est que, contrairement à l'opinion du professeur de philosophie de M. Jourdain, on peut s'exprimer et écrire autrement qu'en vers ou en prose.

Il y a loin, on en conviendra, de ce dialogue sans nom à l'exécution magistrale découverte par MM. Philippe Busoni et consors ; et avec toute l'indulgence possible, nous ne saurions admettre qu'il soit permis, à M. Ponsard ou à tout autre, d'écrire des vers tels que ceux-ci :

Dame ! *Je suis venu pour suivre* notre maître;
C'est donc lui qui m'a dit d'apporter cette lettre.

C'est un domestique, et, si l'on veut, un paysan qui parle ; mais, au théâtre, il y a des convenances à observer, et l'on ne doit jamais faire descendre le style jusqu'à la bassesse de langage habituelle à certaines conditions.

On a très-souvent comparé M. Ponsard à Casimir Delavigne ; nous ne voulons pas faire

ici un rapprochement d'où résulteraient des
contrastes peu avantageux pour l'auteur de la
Bourse; nous nous bornerons à emprunter
aux *Comédiens* une scène qui n'est pas sans
analogie avec celle que nous venons de citer :
sur ce double échantillon, le lecteur appréciera
la différence des deux produits et celle des deux
procédés de fabrication :

GRANVILLE.

Je te revois enfin, mon vieil ami Lebrun

BELROSE.

Lebrun, pour un artiste, est un nom trop commun.
Je m'appelle Belrose.

GRANVILLE.

Eh bien ! Belrose, passe.
Te souvient-il, mon cher, qu'autrefois, dans la classe,
Tu te mêlais déjà de déclamation ?
Ton instinct t'y portait.

BELROSE.

Dis ma vocation.

GRANVILLE.

Te voilà donc acteur : c'est un métier fort triste.

BELROSE.

En nous parlant, vois-tu ? le mot propre est artiste.

GRANVILLE.

Artiste si tu veux ; si bien que ton appui
Peut m'impatroniser dans la troupe aujourd'hui.

BELROSE.

Tu te feras chasser avec ignominie;
La troupe! eh! d'où viens-tu? dis donc la compagnie!

(Les Comédiens, act. Ier sc. v.)

Voilà le vrai style de la comédie : ici l'expression est nette, rapide, spirituelle, précise: la plaisanterie, naturelle et de bon goût: et, sous la touche du poëte comique, on sent la main de l'écrivain habile à varier sa forme et à la mettre en complète harmonie avec le fond sur lequel il brode et travaille.

Mais revenons à la *Bourse*, et écoutons la réponse de Dubois :

DUBOIS, se rengorgeant.

Oui; j'ai sa confiance; et, chacun *dans nos sphères*,
Nous faisons, Dieu merci, d'assez bonnes affaires.
Un jour, mon cher pays, on se retirera;
Je ne servirai plus, mais on me servira;
Je dormirai chez moi, sous de riches tentures;
Mes valets monteront derrière *mes voitures;*
J'aurai *droit à l'humeur*, je sonnerai mes gens,
Et je m'emporterai contre les négligents.
A la Bourse, la foule, autour de moi serrée,
De longs chuchotements salûra mon entrée;
Ma signature seule aura plus de crédit

Que les noms *assemblés* [1] de vingt hommes d'esprit.
J'aurai beaucoup d'amis, des vins de toute sorte,
Et *mangerai les mets que maintenant j'apporte.*
— Voilà !

A Pierre qui reste ébahi.

Reviens me voir, alors; viens, mon garçon;
Je te prendrai parmi les gens de ma maison.

Ce n'est pas certainement à M. Ponsard que Boileau aurait pu dire :

Jamais au bout d'un vers on ne te voit broncher.

L'auteur de la *Bourse* bronche à chaque pas :

Chacun dans nos sphères, — *on me servira,* — *derrière mes voitures,* trois fautes énormes dans six vers, dont deux solécismes, par la seule nécessité de rimer.

Pascal a dit : *Voilà ce qu'ils gagnent chacun dans* LEUR MÉTIER, et non dans *leurs métiers;* c'est donc *chacun dans* NOTRE SPHÈRE que devait écrire l'auteur de la *Bourse.* — Mais la rime !

On me servira avec *on se retirera* du vers

---

[1] L'impropriété de cette expression a été justement signalée par M. Jules Janin.

précédent présente une amphibologie ; mais il fallait bien rimer.

Après *je ne servirai plus*, la construction exigeait, *et je serai servi*, ou bien il fallait répéter *on* en tête de chacune des trois propositions, et dire :

Un jour, mon cher pays, *on* se retirera,
On ne servira plus, mais *on* sera servi.

Il n'y a plus de rime, c'est vrai ; mais à l'aide d'une légère inversion il était facile de la retrouver ; et M. Ponsard, qui n'a pas reculé devant ce vers burlesque,

Et mangerai les mets que maintenant j'apporte,

pouvait dire sans plus d'inconvénient :

Un jour, mon cher pays, *on* se retirera,
On ne servira plus, mais servi l'*on* sera.

Si l'on nous objecte *que le tour en est vieux*, nous répondrons en parodiant Molière :

Mais ne voyez-vous pas que cela vaut bien mieux
Que ce langage faux, dont le bon goût murmure,
Et que l'idée ici se produit toute pure ?

Enfin ce dernier hémistiche, *derrière mes voitures*, n'est-il pas encore un sacrifice fait à la rime aux dépens du sens et du bon sens?

Mais que dire de ces vers :

J'aurai droit à l'humeur, je sonnerai mes gens,
Et je m'emporterai contre les négligents

Comme les idées s'enchaînent heureusement! *J'aurai droit à l'humeur, je sonnerai et je m'emporterai...*

Et puis, quel est le sens de : *J'aurai droit à l'humeur?* Dans la pensée de M. Ponsard, cela signifie probablement : *J'aurai le droit de me mettre en colère, de gronder*, etc. ; mais ce n'est pas assez que l'auteur s'entende, il faut encore qu'il s'exprime de manière à être entendu de tout le monde.

Dans la première scène du *Joueur* de Regnard, Hector se laisse doucement aller à des rêves de fortune qui ressemblent assez aux plans d'avenir de Dubois ; écoutons le vieux valet :

Il est, parbleu, grand jour. Déjà de leur ramage
Les coqs ont éveillé tout notre voisinage;
Que servir un joueur est un maudit métier!

Ne serai-je jamais laquais d'un sous-fermier?
Je ronflerais mon soûl la grasse matinée,
Et je m'enivrerais le long de la journée :
Je ferais mon chemin; j'aurais un bon emploi;
Je serais dans la suite un conseiller du roi,
Rat de cave ou commis; et, que sait-on? peut-être
Je deviendrais un jour aussi gras que mon maître;
J'aurais un bon carrosse à ressorts bien liants;
De ma rotondité j'emplirais le dedans :
Il n'est que ce métier pour brusquer la fortune;
Et tel change de meuble et d'habit chaque lune,
Qui, Jasmin autrefois, d'un drap du sceau couvert,
Bornait sa garde-robe à son justaucorps vert.

C'est bien le même fond d'idées, mais dirait-on que c'est la même langue? Ici quelle franchise d'expression, quel naturel! Comme le vers dit nettement ce qu'il doit dire; pas de termes parasites, aucun tour vicieux, point de rimes violentées; là, au contraire... Mais passons.

Un fait étrange, c'est que M. Ponsard, qui n'écrit qu'en vers, semble incessamment à la gêne dans les douze syllabes de l'hexamètre; pour lui

La mesure est toujours trop longue ou trop petite,

et la rime le fait presque constamment trébu-
cher ; ainsi, pour établir son hémistiche, il retranche ou ajoute sans façon un mot ou une
syllabe, et vous fait des vers tels que ceux-ci :

Siéges-tu pas parmi les prêtres du saint lieu?
(Act. Ier, sc. iii.)

Les banquiers *sont-ils pas* les marquis de l'époque ?
(Act. Ier, sc. v.)

Dirait-on pas qu'ici je veux rester toujours?
(Act. II, sc. ii.)

...... *N'ayez peur*, je ne vous dirai rien.
(Act. III, sc. i^{re}.)

Et de faire monter la rente, *est-il pas vrai?*
(Act. III, sc. v.)

             Sais-je pas quel hymen
Se prépare, et de qui vous obtenez la main?
(Act. V, sc. v.)

... *Vous ai-je pas dit* ma secrète espérance?
(*Id. — Id*)

Cette construction est tombée depuis très-
longtemps en désuétude. La négation *ne* doit
toujours, dans les phrases analogues, non-
seulement être exprimée, mais encore être
accompagnée d'une des particules complémen-
taires de négation *pas, point*; ainsi *N'ayez*

peur est tout aussi vicieux que *Est-il pas vrai, sais-je pas,* etc.

Nous demandons bien pardon à M. Ponsard l'académicien de cette petite leçon de grammaire ; M. Jules Janin peut trouver agréable le poétique patois de son nouvel ami, mais cette langue incorrecte nous choque, et nous ne voulons pas qu'on puisse s'autoriser à l'avenir de son nom et de son exemple pour écrire aussi mal que lui.

Si encore l'auteur de la *Bourse* se bornait à appeler à son aide, pour mettre, tant bien mal, son vers sur ses pieds, quelques-uns de ces archaïsmes remis à la mode par l'ignorance ou la paresse des rimeurs subalternes, nous passerions bien volontiers condamnation sur de pareilles licences ; mais il ne s'en tient pas là, et il ne recule pas au besoin devant les plus révoltantes impropriétés d'expression :

Pour ce moment, voisin, quelqu'un m'a fait entendre
Que tes *séjours* chez moi blessent mon futur gendre.

(Act. 1er, sc. iv.)

Séjours pour *visites* n'est pas autre chose qu'un barbarisme.

Va-t'en vite, va, pars ! — Non, si tu me repousses,
J'irai chercher ailleurs des *réponses* plus douces.
(Même scène.)

Autrement dit , pour le français , *un accueil.*

Beaucoup de plans hardis, d'*entreprises* immenses,
Avorteraient dans l'ombre, infertiles semences.
(Même scène.)

C'est-à-dire de *conceptions*; car on ne peut pas dire que des *entreprises immenses* soient des *semences*; relativement un des deux hémistiches a tort: absolument ils sont mauvais tous les deux.

M. Ponsard n'a pas de répugnance, comme on le voit, à donner place dans ses vers à l'*orgueilleux solécisme;* il emploie sans façon le singulier pour le pluriel, et réciproquement. Il est vrai que l'obligation de mettre son expression constamment d'accord avec sa pensée rend le travail long et pénible ; or ce soin, qu'il est prudent de prendre quand on a sa réputation à faire, on peut s'en affranchir sans danger quand elle est à peu près faite, ou que

l'on se contente de celle qu'on a; et puis, à quoi
bon se donner une peine dont le public ne vous
tient pas le moindre compte? Ainsi raisonnent
la plupart des écrivains modernes; et ainsi rai-
sonne sans doute M. Ponsard, qui ne craint pas
de commettre des vers tels que ceux-ci :

...Tous deux, allumant, quand la bise était fraîche,
Sous le creux d'un rocher, un feu de *branche sèche*.

(Act. I⁰ʳ, sc. IV.)

On dit, dans un sens général, *allumer un
feu de bois sec*, mais dans un sens distributif,
allumer un feu de branches sèches.

Ah! je suis là-dessus sans peur et sans *reproches*.

(Act. I⁰ʳ, sc. III.)

....Ah! vous pouvez vous vanter sans *reproches*
De nous avoir fait peur, allez! monsieur Desroches.

(Act. II, sc. IV.)

*Bayard fut surnommé le chevalier sans
peur et sans reproche*, voilà l'orthographe de
l'Académie; il n'est pas mauvais que M. Ponsard la connaisse avant d'y entrer, et qu'il sache

qu'un nom abstrait sous la dépendance de *sans* ne peut s'employer qu'au singulier.

Un dandy, enfant perdu du noble faubourg, dit encore au deuxième acte :

Nous allons à l'orgie, oui, mais *sans passions*
Et mêlons la débauche aux spéculations.
(Sc. 1re.)

C'est toujours la même faute, et cette faute, l'auteur la fera à la fin de chaque vers quand elle pourra lui faciliter la rime.

Eh ! que n'achetez-vous, ce serait plein *d'astuces,*
Constantinople aux Turcs pour le revendre aux Russes !
(Act. Ier, sc. v.)

Astuces au pluriel n'est pas français ; pourquoi n'avoir pas employé au singulier les trois mots *astuce, Turc* et *Russe ;* par là on eût évité la faute, et les vers y eussent certainement gagné en élégance.

... Celui qui connaît les lois des passions,
Soumet à ses calculs leurs perturbations,
Attelle à ses desseins leurs *marches vagabondes,*
Celui-là fait bien plus que découvrir des mondes.
(Act. II, sc. iii.)

4

Pourquoi pas *marche* au singulier? Tout simplement, parce qu'il faut que *vagabon-des* soit au pluriel pour rimer avec *mondes*.

Mais que dire d'*atteler des marches à des desseins!!!*

Revenons à nos solécismes, ou plutôt à ceux de M. Ponsard :

Je le connais. — Sans doute; il est de *nos pays*.
(*Id. — Id.*)

De nos pays appartient aujourd'hui à la langue des Auvergnats et des porteurs d'eau, et de ceux qui disent : *a nos âges*.

Mais voici qui est plus fort :

Je veux de l'imprévu, des accidents, des crises;
Je veux être mené de *surprise en surprises*.
(Act. Ier, sc. v.)

Dans cette construction, qui sert à exprimer le passage d'une chose à une autre, ou la succession, on emploie, selon le point de vue de l'esprit, le singulier ou le pluriel; mais il faut toujours que le substantif répété figure au même nombre.

Buffon a dit :

Les animaux sauvages vivent constamment de la même façon ; on ne les voit pas errer DE CLIMATS EN CLIMATS.

Chateaubriand a écrit :

L'homme flotte DE SENTIMENT EN SENTIMENT, DE PENSÉE EN PENSÉE.

Et nous trouvons dans Bernardin de Saint-Pierre :

Les peuples qui n'ont plus maintenant ni autels, ni trône, ni capitale, sont jetés par les siècles et les événements DE CONTRÉES EN CONTRÉES.

Si, de l'emploi d'un nombre pour l'autre, il résulte un non sens, cela n'arrête jamais l'auteur de la *Bourse*, quand la rime ou la mesure s'en accommode ; ainsi il écrit :

....J'ai vendu ma terre *aux plus offrants,*
Touché par ce moyen soixante mille francs.»

(Acte 1er, scène IV.)

S'il y a *des plus offrants* ou des enchérisseurs pour l'achat d'une terre, il n'y a jamais qu'*un*

seul et dernier plus offrant auquel on la vend
ou à qui on la cède.

M. Ponsard, qui sait très-peu varier ses ex--
pressions et ses tours, met, au troisième acte,
avec assez peu de convenance, ce terme de *plus
offrant* dans la bouche d'une femme; mais cette
fois-là, par bonheur, la rime ne l'a pas forcé
d'employer le pluriel.

C'est une amie de pension de l'héroïne de sa
pièce qui parle :

Tu sais comme je fus mariée : on vous prend
A l'école; on vous livre aux mains *du plus offrant.*

(Act. III, sc ii.)

On vous prend, on vous livre! est-ce là
le langage de nos salons, *on vous livre aux
mains du plus offrant*, ou celui de quelque
arrière-boutique de la *rue aux Ours?* M. Ponsard seul pourrait nous répondre; mais, nous
e répétons, il est très-heureux que la rime
n'ait pas exigé le pluriel, car l'auteur aurait
dit, sans plus de façon : *On vous livre aux
mains des plus offrants*, ce qui eût éveillé une
idée plus que déshonnête. Cela démontre, par

de là l'évidence, que l'emploi du nombre n'est jamais arbitraire.

Il nous serait facile de multiplier les citations de ce genre, car les cinq actes de la *Bourse* sont hérissés de fautes de cette espèce; mais comme nous avons à fournir une longue carrière, nous ne voulons pas fatiguer le lecteur qui nous suit à travers ces broussailles.

C'est encore pour se donner plus de facilité à faire son vers que M. Ponsard écrit des *Mousaïas* et des *Nord*, des *Lyon*, des *Crédits* et des *Grand-Central*.

Mais les licences qu'il prend ne se bornent pas à l'addition et au retranchement vicieux d'une lettre; il supprime encore tout mot qui le gêne, si essentiel qu'il soit d'ailleurs au sens ou à la construction :

... Cet antre où tu peins tant de sombres spectacles,
N'est-il pas *celui même* où tu rends tes oracles?

(Act. 1er, sc. iv.)

Pour *celui*-LA *même*.

Celui-là fait bien *plus que découvrir des mondes*

(Act. Ier, sc. iv.)

Pour *que* DE.

C'est sûr, — ô mon ami! — cela ne *fait pas doute*.
(Act. IV, sc. 1re.)

Pour *ne fait pas* DE *doute*.

Ah! madame! — Méchante! injuste! il *prend envie*
De te laisser toi-même empoisonner ta vie.
(Act. III, sc. II.)

Pour *il* ME *prend envie*.

….Mais j'attends qu'*il vous plaise*
M'accorder un regard dont je serai fort aise.
(Act. III, sc. III.)

Style de procédure, pour qu'*il vous plaise*
DE *m'accorder*.

Nos opérations, d'ailleurs, n'ont rien d'étrange, •
Et je vous ferais voir, *en montrant* nos carnets,
Que tout votre faubourg hante nos cabinets.
(Act. Ier, sc. II.)

Pour *en* vous *montrant*.

Le moment du reproche est passé. Je t'invite
Seulement à tâcher que la leçon *profite*.
(Act. IV, sc. III.)

Pour TE *profite*.

Vous m'auriez admiré si j'avais réussi,

Le sort m'a condamné, *vous condamnez* aussi.

(Act. IV, sc. vii.)

Pour *vous* me *condamnez*.

Ah! *c'est quand* les bureaux sont fermés, les clients
Montent pour voir monsieur, et sont impatients.

C'est quand, au lieu de *c'est* que *quand* c'est
un abominable barbarisme.

Vous étiez à Paris, préoccupé, morose,
Et quand vous me parliez, vous *songiez autre chose*.

(Act. V, sc. vi.)

Pour *vous songiez* a *autre chose*, est un
provincialisme, emprunté aux plus obscures
localités.

La source de ton gain m'en gâte le plaisir ;
Car le démon du jeu, que jamais on n'*arrache*,
Dévore jusqu'aux os ceux auxquels il s'attache.

(Acte II, scène iv.)

On dit très-bien au propre, sans complément
indirect, arracher *un arbre*, arracher *un
clou*, et Racine s'exprime d'une manière très-
juste dans ce vers :

Arrachons, déchirons tous ces vains ornements.

Mais au figuré, il faut toujours donner à *arracher* un second complément.

Écoutons les maîtres dans l'art d'écrire :

Arrache-lui du cœur ce dessein de mourir.
(CORNEILLE.)

Pour *m'arracher* le jour l'un et l'autre conspire.
(Le même.)

Elle n'a pu ARRACHER *l'amour* DE SON CŒUR.
(MASSILLON.)

Ils ARRACHENT DU FOND *des cœurs le remords du crime,*
l'espoir de la vertu.
(J.-J. ROUSSEAU.)

Au besoin, M. Ponsard n'hésite pas non plus à décapiter un mot pour l'ajuster à la mesure ; alors une expression incorrecte et vicieuse prend la place du terme propre ; mais que lui importe son vers est fait ?

Il m'est *venu*
Que vous vous composiez un joli revenu.
(Act. Ier, sc. III.)

On dit partout dans ce sens : *Il m'est re-venu ;* on ne s'exprime pas autrement de l'extrème limite de la basse Bretagne aux derniers confins de la Provence.

. . Mes éclats joyeux *sonnaient* dans le silence
Comme l'écho des pas dans une église immense.
(Act. II, sc. iv.)

Des éclats joyeux ne *sonnent* pas, ils *résonnent*, comme *résonne* l'écho.

L'auteur qui, sans la moindre façon, retranche de son vers les mots et les syllabes qui le gênent, ne marchande pas non plus quand il s'agit de boucher les trous de son alexandrin au moyen de ces chevilles grossières qui rendent cent fois plus apparents et plus choquants les vides qu'elles remplissent.

Vous savez que *pour moi* ma promesse est sacrée.
(Acte Ier, scène iv.)

Pour moi fait redondance.

J'achèterais des bœufs, des vaches *qu'on trairait*,
Et notre ménagère irait vendre le lait.
(Acte Ier, scène i^{re}.)

Qu'on trairait est inutile : on ne nourrit pas

des vaches dans un autre but que d'en obtenir
du lait et conséquemment *de les traire.*

Que de choses en moi ce souvenir remue !
J'ai senti sur mon bras trembler sa main *émue.*

(Acte Ier, scène iv.)

Émue est inutile, et de plus c'est une expression fausse. Nous ne disons rien du premier
vers, qui est plus qu'inconvenant dans la bouche
d'un amant parlant de sa maîtresse.

Mais le temps est venu de marier ma fille ;
Je sais bien, je sais bien, tu la trouves gentille.

(Acte Ier, scène iv.)

Répétition ridicule et niaise.

Ah ! Elle m'abandonne : et déjà, *chose atroce !*
On parle hautement de la prochaine noce.

(Acte Ier, scène iv.)

Ah ! est une cheville ; *chose atroce* est un
remplissage de mauvais goût.

Grand Dieu ! Mais ces billets, ces titres et cet or,
J'anéantirais tout, des millions encor,
Si près d'elle ces biens, *où tu crois que j'aspire,*
Me devaient *appauvrir* seulement d'un sourire.

(Acte III, scène iii.)

,Outre l'hémistiche *où tu crois que j'aspire*, qui n'est là que pour la rime, remarquez le terme faux et prétentieux d'*appauvrir* employé pour *priver*.

> De manière
> Que, las de rengaîner ma verve *prisonnière*....
>
> (Acte II, scène iv.)

Prisonnière est mis pour la rime : on *ne rengaîne* pas une verve qui est *prisonnière*.

> *Vos* fleurs ont un parfum que n'auraient point les autres;
> Le souffle du travail a passé *sur les vôtres*.
>
> (Acte V, scène iv.)

Vos fleurs et *les vôtres!* quelle négligence ou quelle stérilité de ressources !

> ....Bon parjure *troisième*.
> *Et de trois*, nous ferons une croix au dixième.
>
> (Acte IV, scène dernière.)

Parjure troisième.— Et de trois. Répétition inutile qui ne sert qu'à la rime et à la mesure, et rend l'expression traînante. Pourquoi changer les vers de Molière? ne valait-il pas mieux les citer tout simplement que de les gâter ?

Le pauvre Trufaldin l'a retenue. — Et trois :
Quand nous serons à dix nous ferons une croix.

(L'*Étourdi*, acte I, scène xi.)

Revenons sans transition à M. Ponsard; Molière nous le pardonnera.

Quel malheur que le vers ait une mesure déterminée, une finale consonnante! Cela est très-gènant.

La rime est une esclave et ne.doit qu'obéir,

a dit Boileau, et l'on sait à quel point il sut la rendre obéissante et docile; mais pour M. Ponsard cette esclave est une maîtresse impérieuse et fantasque qui lui fait faire les plus grandes extravagances; écoutez ces vers, et vous nous direz s'il est permis à un poëte qui se respecte d'avoir pour elle une soumission plus coupable et des complaisances plus compromettantes :

On mettait à causer d'un livre, d'un tableau,
D'un marbre, à discuter les principes du beau,
La même ardeur qu'on *met, en dix-huit cent cinquante,*
A *discuter* les cours et *causer* de la rente.

Comment, l'empereur Nicolas meurt au premier acte, Sébastopol est pris au troisième, et parce qu'une rime en *ente* l'exige, voilà toute la chronologie en déroute, et deux grands événements transportés de dix-huit cent cinquante-cinq et cinquante-six *en dix-huit cent cinquante!* Cela est inexcusable, et la licence poétique ne donne pas le droit d'altérer la vérité historique et de changer les dates pour la seule commodité de la rime.

Que vous allez, monsieur, dans vos rimes obscures
Aux Saumaises futurs préparer de tortures !

Dans cette pièce, écrite certainement à la hâte et sans réflexion, les mots impropres, les à peu près, les termes parasites, les périphrases inutiles, enfin, tout ce qui décèle la précipitation, la négligence ou la pénurie de ressources de l'écrivain, choque, de quatre vers en quatre vers, ou l'oreille du spectateur ou l'œil du lecteur.

Vainement je *regarde aux vitres* du château,
Jamais un doigt ami n'entr'ouvre le rideau.
                              (Acte Ier, scène iv.)

Un gamin *regarde aux vitres*, mais un amant

*tourne, fixe, attache ses regards sur la fe-
nêtre* de la femme qu'il aime.

… Du jour où j'ai cru devoir te *renvoyer*,
Avec toi le bon rire a quitté mon foyer.

(Acte II, scène iv.)

On *renvoie* un domestique, mais après avoir
rompu avec un futur gendre on le *congédie*,
on l'*éloigne*, on ne le *renvoie* pas ; il faut
croire que cette expression tient aux habitudes
de langage de M. Bernard, car il nous dit dans
la même scène :

J'ai renvoyé le comte, et dit à cette sotte :
Ne pleure plus ; allons chercher ton don Quichotte.

Très-souvent rien ne serait plus facile à
M. Ponsard que de remplacer un terme impro-
pre par l'expression juste ; mais on dirait qu'il
ne sait pas distinguer l'un de l'autre, ou qu'il
dédaigne ce soin comme une chose futile.

Écoutez ses conseils, pour *meubler* votre nid,
Cher ; elle s'y connaît.

(Acte II, scène Iᵉʳ.)

Le mot *orner* pouvait entrer dans le vers, et

c'est le mot juste ; on *orne un nid*, on ne le *meuble pas*, à moins d'y faire des œufs, et nous ne supposons pas qu'Alfred amène sa maîtresse chez Léon dans un pareil but.

> ....Encore un innocent
> Qui vient brûler son aile *autour du* trois pour cent.
>
> (Acte Ier, scène III.)

On dit *se brûler* A *la chandelle*, A *la lumière*, et non pas AUTOUR *de la chandelle*, etc.

> D'autres, par les appâts d'un dividende énorme,
> *Haussent* les actions d'une entreprise informe.
>
> (Acte Ier, scène IV.)

L'Académie dit *faire hausser* ou *faire monter* des actions; *hausser* est un barbarisme qui peut-être est propre à l'argot des coulissiers.

> L'abondance dévoile à nos *yeux éblouis*
> Les splendeurs, le pouvoir, les rêves *inouïs*.
>
> (Acte Ier, scène IV.)

Inouï signifie *non ouï* ou *non entendu*, des *yeux éblouis* auxquels se dévoilent des *rêves inouïs* est au moins baroque : c'est ainsi qu'é-

crivent ceux qui ne savent pas la valeur des
termes.

Quand Racine dit :

Ce miracle *inouï* me fit tourner les *yeux*
Vers la Divinité qu'on adore en ces lieux.

Il exprime deux idées très-distinctes : *Un miracle plus grand que tous ceux dont j'avais
entendu parler s'accomplit; alors je tournai
les yeux (de mon esprit* c'est-à-dire *ma pensée)
vers la Divinité*, etc. Voilà ce que le grand
poëte veut dire et ce qu'il dit très-bien; il
rapproche le terme *inouï* du mot *yeux*, employé figurément, mais il n'établit pas entre
eux, comme M. Ponsard, un rapport physique-
ment impossible.

Vois quelle dignité dans son salut princier,
Comme *tous les propos se taisent* quand il entre !
(Acte Ier, scène v.)

Des propos qui se taisent, voilà qui est
inouï, par exemple !

Eh ! eh ! l'on a trouvé la *grotte* solitaire,
Beau chevalier errant, sire Léon sans terre.
(Acte II, scène vi.)

Où M. Ponsard, ou plutôt le papa Bernard, a-t-il vu que les chevaliers errants se retiraient dans des *grottes solitaires ?* Les anachorètes y établissaient leur demeure, mais non les *chevaliers errants*; quand ceux-ci ne trouvaient pas l'hospitalité dans un castel, ils poursuivaient leur route et passaient d'ordinaire la nuit en plein air.

Maintenant veut-on des constructions prosaïques, incorrectes, vicieuses? nous en pouvons citer des plus étranges :

Tant pis pour les niais ; la Bourse est un champ clos
Où c'est, au lieu de sang, *de l'or* qui coule à flots.
(Acte Ier, scène v.)

Quel affreux jargon! et l'on appelle cela des vers! ! !

Ce conseil est fort bon, mais les *excellents fruits,*
Par votre propre exemple, en sont un peu détruits.
(Acte Ier, scène v.)

Est-il possible d'écrire deux lignes dont l'agencement soit plus pénible, le tour plus embarrassé, et qui expriment plus obscurément ce qu'ils veulent faire entendre? L'idée, la voici traduite en humble prose :

Ce conseil est fort bon, et l'on pourrait le suivre si votre exemple n'en détournait pas.

Mais combien faut-il gratter, creuser et fouiller pour dégager cette pensée si simple de l'épaisse et rugueuse enveloppe sous laquelle elle est enfouie !

Maintenant, qu'entend l'auteur par *des fruits un peu détruits?* Est-ce qu'une chose peut être *plus* ou *moins détruite?* Et *détruire* n'est-il pas un terme absolu qui n'admet aucune modification, ni en plus, ni en moins?

Veut-on encore quelque chose de bien enchevêtré et de tout aussi mauvais? Écoutons Camille :

Ma démarche, je crois, prouve assez de tendresse
Pour que de votre cœur je sois seule maîtresse,
Et contraigne à la fin, *voulant tout détrôner,*
La Bourse, ma rivale, *à me l'abandonner.*
(Acte III, scène viii.)

Dans quel écrivain du dernier ordre pourrait-on trouver deux vers plus emphatiques et moins intelligibles?

Ce qui suit, pour être un peu plus clair,
n'est pas de moins mauvais goût.

Je ne suppose pas *son amour si léger*,
Que par dix jours d'absence il puisse être en danger.

(Acte II, scène ii.)

Un *amour léger!* un amour qui *peut être
en danger* par dix jours d'absence!

Tout cela n'est-il pas au-dessous de la plus
médiocre prose?

Dans cette pièce que de vers énigmatiques,
de tours impossibles à comprendre, de constructions obscures dont on ne peut se rendre raison, même au moyen de la plus minutieuse analyse !

Quand, *seul d'angoisses consumé,*
Gardant pour mieux souffrir l'espérance irritante,
Je dévorais chez moi les heures de l'attente,
Songe que mon rival, chez le père invité,
Était reçu par elle.

(Act. Ier, sc. iv.)

Que signifient les trois premiers vers? L'auteur qui les a écrits ne le sait pas, certainement ;
et l'acteur qui les répète chaque soir, de con-

fiance, serait incapable de le dire ; mais ils ont
l'air d'exprimer un sentiment, ils sont récités
avec une certaine chaleur, et le public qui n'y
voit que du feu applaudit sans plus comprendre que les deux autres.

En ces temps reculés, qui semblent des chimères,
On parle des salons où trônaient nos grand'mères.
(Act. III, sc. ii.)

Nous avons assisté à plusieurs représenta-
tions de la *Bourse*, et chaque fois nous avons
entendu mademoiselle Grangé dire ces vers dans
l'ordre où nous les donnons ; la pièce vient de
paraître ; cette construction, qui nous avait sem-
blé résulter de l'inadvertance d'un copiste, a
été maintenue ; elle est donc bien du fait de
l'auteur. C'est une raison de plus pour nous
d'en signaler le vice et de dire que, gramma-
ticalement et logiquement, le second vers devrait marcher le premier :

On parle des salons où trônaient nos grand'mères
En ces temps reculés qui semblent des chimères.

Au moyen de ce simple changement l'obscurité

a disparu; et ces deux vers, inintelligibles dans le texte, sont devenus aussi clairs que de la simple prose.

Nous faisons bien volontiers hommage à M. Ponsard de cette variante.

Autre temps, autres mœurs. Les maisons renommées
Briguaient jadis leur place en tête des armées ;
Le nom, *changeant d'époque*, a changé de vertus,
Et place un gentilhomme en haut des prospectus.
(Act. Ier, sc. v.)

Si, en parlant de M. Laferrière, nous disions en prose : SON NOM, CHANGEANT *de théâtre, change de valeur et* LE *place en grandes lettres en tête de l'affiche*, est-ce que, à l'exception des directeurs et de M. Ponsard, tout le monde ne trouverait pas la chose ou plutôt la phrase absurde et du plus mauvais goût? eh bien, elle n'est qu'un décalque des deux derniers vers que nous venons de citer :

La fatigue engourdit ma pensée, et, *la nuit*,
J'ai conquis le sommeil qui, *moins lassé*, me fuit.
(Act V, sc. vi.)

Fiat lux! écrivait Voltaire en marge d'un

essai poétique d'Helvétius, aux endroits qui lui semblaient obscurs. *Fiat lux !* répéterons-nous ici, et avec beaucoup plus de raison que Voltaire ; car, quoique l'auteur de l'*Esprit* fût loin d'être initié aux secrets de la langue poétique, il n'a, dans son épître, rien écrit de si abstrus; et très-certainement il n'eût pas attendu les corrections du maître pour biffer ces deux vers, si, par hasard, ils fussent tombés de sa plume.

Les uns ont su d'abord les nouvelles utiles ;
Les autres, inventant ou semant de faux bruits,
De la frayeur publique ont récolté les fruits.
(Act. Ier, sc. iv.)

Récolter les fruits de la frayeur ! Quel effort on est obligé de faire pour comprendre ce galimatias !

— Eh quoi! vous jouez! — Grâce,
Camille! L'amour seul *m'en conseilla l'audace.*
(Act. II, sc. iv.)

Conseiller l'audace d'une chose est une alliance de mots curieuse, et que nous signalons à l'Académie.

Le mal est consommé, dès lors ne peut-on pas

En tirer sagement les meilleurs *résultats?*

(Act. II, sc. iv.)

On ne *tire pas des résultats* : un *résultat* est une conséquence, ou, selon l'étymologie, ce qui *a rejailli* d'une cause; on ne peut donc pas *tirer* d'une chose ce qui est déjà hors de cette chose.

Ce n'est pas à *mes yeux, dont la vue est plus haute,*
Que l'événement fait l'innocence ou la faute.

Cela est-il assez amphibologique? On comprend, après réflexion, ce qu'a voulu dire l'auteur, mais on ne va pas au théâtre pour deviner des *rébus*, et, entre tous les écrivains, le poëte dramatique est celui à qui le culte du logogriphe est particulièrement interdit.

M. Ponsard, dont la phrase est, comme on le voit, généralement peu limpide, aime à y faire entrer des expressions et des tours vieillis auxquels l'oreille n'est plus accoutumée, ce qui ne contribue pas à la rendre plus claire :

Ah! que sais-je? On dirait que les dévotions
S'ajustent mal peut-être *aux* spéculations

(Act. Ier, sc. ii.)

Le cœur est bon, *encor que* la main soit grossière.
(Act. V, sc. iii.)

Je conservais toujours *quelque tendre* pour toi.
(Act. V, sc. ix.)

Tout le monde est content, allons-nous nous *gaudir!*
(Act. V, sc. dern.)

Serait-ce par hasard à cause de cet emploi fréquent et malséant de formes vieillies et de termes surannés que quelques-uns lui trouvent une certaine ressemblance avec Corneille, et *serait-ce pas* (comme dirait M. Ponsard) à cause de ses solécismes et de ses barbarismes

Lorsque tu fus parti ce fut encore bien *pire*.
(Act. II, sc. iv.)

qu'on lui attribue l'élégance et la pureté de Racine? Nous n'y voyons pas d'autre raison.

Mais résumons-nous, et citons, sans les commenter, et en les soulignant seulement, les formes de construction mauvaises qui sont particulièrement familières à M. Ponsard :

Ah! Dieu! combien j'en vois, *entrés d'un air vainqueur*,
Sortir, pâles, muets, et l'enfer dans le cœur.
(Act. Ier, sc. iv.)

Il faut crier au feu lorque la maison brûle;
Et je sers mes amis, moi, *malgré leur refus.*

(Act. III, sc. ii.)

Mais un de ces festins où le jeu vous convie
Pour vous *n'est qu'un excès*, pour eux *serait* la vie.

(Act. Ier, sc. v.)

Voulez-vous *un fusil* et *qu'on vous accompagne.*

(Act. V, sc. vi.)

Car comme je n'ai, moi, nulle coquetterie,
Étant franche, je crois que les autres *le* sont.

(Act. III, sc. i^{re}.)

J'annonçais à Reynold, *comme étant de mes proches*,
Mon futur mariage avec monsieur Desroches.

(Act. III, sc. ii.)

Tels seraient les plaisirs dont tu t'enivrerais,
Et que je puis vanter, *connaissant leurs attraits.*

(Même acte, même scène.)

C'est trop causer à part ;
Ces dames étant là, c'est un manque d'*égard.*

(Act. II, sc. iv.)

— Le gain sans le travail AYANT *été malsain*,
Essayez du travail qui donne peu de gain.

(Act. IV, sc. ix.)

Si des fautes matérielles de langage nous
passons aux fautes de goût, nous n'aurons dans
nos citations que l'embarras du choix, car elles

abondent et surabondent, et l'on en trouve dix
au moins par page, dans cette désastreuse comédie, qui ne peut manquer, comme le dit
M. Méry, *de faire époque dans l'histoire de*
l'art.

>   Mais elle est trop sensée
> Pour qu'*à de tels appâts elle soit amorcée.*
>
>   (Act. I⁕, sc. IV.)

> Tu nous manquais, ma foi; *j'étais mal à mon aise*
> *Et regardais souvent la place de ta chaise.*
>
>   (Act. II, sc. IV.)

> Vous n'avez rien perdu des vertus que j'aimais;
> Je vous estime plus aujourd'hui que jamais,
> Et rends grâce, à présent, *au travail* de Julie
> Qui croyait nous brouiller et nous réconcilie.
>
>   (Act. III, sc. VIII.)

> Perdre! mais c'est mon sang, mon salut, *mon va-tout;*
> Je suis noyé, detruit, anéanti *du coup.*
>
>   (Act. IV, sc. II.)

Ordinairement on range, et avec raison,
parmi les fautes de goût la répétition fréquente
d'un même terme, surtout quand il est employé sans nécessité et purement comme remplissage.

Dans la *Bourse,* le mot *bah!* qui n'est ni

élégant ni énergique, est répété de la façon
la plus abusive.

Bah! de faux bruits !

(Act. Ier, sc. iv.)
Bah! tous disaient de même.
(*Id.,*   *id.*)

— ... L'un est un poëte et l'autre un journaliste.
— Ah *bah* !

(Act. Ier, sc. v.)

Voici : nous achetons aux Espagnols Cuba,
Et nous le revendons aux États-Unis. — *Bah !*

(*Id.,*   *id.*)

Mais je suis riche.—*Bah !*—J'ai cent mille écus.—Peste !

(Act. II, sc. iv.)

Bah! ces fillettes,
Elles veulent toujours qu'on parle d'amourettes.

(Act. II, sc. dern.)

Vous aviez plus de verve
Autrefois.—Vous croyez? — Oui, Paris vous énerve.
— *Ah bah !*

(Act. III, sc. iii.)

Je sors de chez mon oncle. — Hé bien?
—La paix est faite.—*Bah!*—L'on n'en dit encor rien.

(Act. III, sc. v)

Je sens là des trésors d'amour pour une femme.
Mais *bah!* la fleur sauvage embaume les déserts, etc.

(Act III, sc. i^{re}.)

Les fautes contre la prosodie sont encore nombreuses et méritent d'être signalées. L'hiatus y fait souvent entendre des sons discords :

Exposer au jeu,
D'un seul coup tout l'argent amassé *peu à peu.*

(Act. Ier, sc. iii)

Oui, oui, l'on te croyait noyé, perdu, que sais-je?

(Act. Ier, sc. iv.)

Eh! prenez-vous conseil d'une tête à l'envers
Qui bavarde de tout *à tort et à travers.*

(Act. III, sc. vii.)

Les syllabes brèves s'y accouplent sans façon avec les longues :

J'attrappe une nouvelle, une baisse, une *hausse;*
On le sait, et cela fait aller mon *négoce.*

(Act Ier. sc. i{re}.)

— Est-ce que le Dubois n'a pas été ton *maître?*
— Si, monsieur, *chez* ses gens il a daigné m'*admettre*

(Act. V, sc. i{re}.)

Les simples riment avec leurs composés :

Mais j'ai trouvé des gens moins sensibles au *lustre*
Que sur le prospectus répand un nom *illustre.*

(Act. Ier, sc. v.)

Il n'entendait pas que ses valets de *chambre*
Fissent de l'agio jusqu'en son *antichambre.*

(Act. V, sc. 1ʳᵉ.)

Les mots sans consonnance entre eux se heurtent au bout des vers :

La Bourse dans mon cœur l'emporter sur *Camille,*
Moi, que j'aie à ce point une âme basse et *vile!*

(Act. II, sc. III.

A la Bourse, la foule autour de moi *serrée,*
De longs chuchotements saluera mon *entrée.*

(Act. Iᵉʳ, sc. 1ʳᵉ.)

Ici, l'oreille est blessée par le rapprochement de syllabes formant un concours de sons désagréables ; là, par un hémistiche brisé et rompu.

Nous ne savons vraiment pas comment les comédiens peuvent dire des vers tels que ceux-ci :

Certes, ce naturel *exquis,*

Qui ne s'acquièrent pas, vous les avez acquis.

(Act. Iᵉʳ, sc. x.)

De quelque façon que s'y prenne l'acteur, et si longue que soit la pause que fait, avec beaucoup d'intelligence, M. Rey après le premier

vers, il lui est de toute impossibilité de dissimuler le *ki, ki*, produit par le rapprochement du
premier mot du second vers et de la finale du
vers précédent.

Et, sans la grande habitude qu'a M. Laferrière de briser les phrases et de ne tenir aucun
compte du sens et du rhythme, il lui serait impossible de se tirer de ces deux vers :

O mademoiselle!... O — Camille.
(Act. II, sc. iv.)

O ciel!... Ruiné! sauf — un misérable reste !
(Act. IV.)

On a reproché à M. Ponsard d'avoir essayé
de remettre en honneur quelques-unes de ces
vérités vulgaires qui semblent des emprunts
faits aux axiomes de M. de la Palisse; le reproche dur dans sa forme est assez juste au
fond; et les vers qui suivent prouveront que la
critique n'a eu que le tort de manquer de mesure dans ses termes :

Eh ! mon Dieu ! la richesse a bien ses embarras,
Et, pour nous l'envier, on ne la connaît pas.

Que d'ennuis, de soucis, de soins de toute sorte !
C'est un *fardeau* qui pèse *à celui qui le porte.*

(Act. Ier, sc. v.)

Que la *fortune*, considérée comme un *fardeau, pèse* à celui qui la possède, cela n'est pas douteux; si les riches pouvaient s'en réserver les jouissances et en laisser les charges, le *fardeau* à d'autres, ils n'hésiteraient probablement pas à consentir à cet *équitable* partage; mais le moyen est encore à trouver.

Mille efforts inouïs, stériles pour l'État,
A se détruire entre eux s'usent sans résultat.

(Act. Ier, sc. iv.)

Il est clair que, *s'ils s'usent à se détruire entre eux,* ils s'usent *sans résultat :*

On monte; — et quand on touche au faîte inabordable
Vient la chute rapide, immense, formidable.
Cette histoire commune à bien des gens à bas
Serait la tienne encore, mon cher, *en pareil cas.*

(Act. Ier, sc. iv.)

Puisqu'elle est *commune aux gens à bas,* nécessairement *cette histoire* serait la sienne *en pareil cas,* c'est-à-dire *s'il était à bas.* —

Cela n'est pas du la Palisse, mais du Gribouille tout pur.

M. Ponsard est l'homme de ces naïvetés. L'*Honneur et l'Argent* nous en fournirait au besoin de curieux exemples ; en voici un qui nous revient en mémoire :

Quand la borne est franchie il n'est plus de limite.

Le vers suivant, qui présente dans sa forme elliptique un peu forcée une sorte de corrélation entre deux pensées tout à fait distinctes, est au moins grotesque par sa construction :

Quelle mort !... mais *aucun n'a péri*, Dieu merci !
(Act. V, sc. III.)

Cette comédie manque essentiellement de gaieté et d'esprit, et les traits, pour nous servir d'une expression familière à M. Ponsard, n'y *pleuvent* pas.

Dans l'économie de sa pièce, l'auteur a donné place à une fille entretenue ; il a eu en cela, nous n'en doutons pas, la très-morale intention de dénoncer et de flétrir un des côtés les plus honteux de la vie des gens de bourse. Ce personnage une fois posé, rien n'empêchait M. Ponsard de nous le peindre sous les traits d'une fille insouciante et folle, comme elles le sont presque toutes, vive, spirituelle et amusante, comme il doit s'en rencontrer quelques-unes : c'était un moyen d'égayer l'action; au lieu de cela, qu'a-t-il fait? il a mis en scène une courtisane déhontée, toute prête à se livrer *à tous les plus offrants*, et qui le dit à la face de son entreteneur de la façon la plus crue et la plus grossière :

Oui, j'eus quelques malheurs. La Bourse a dévoré
Tous les amis en qui j'ai le plus espéré;
Aussi, pour éviter des coups de cette espèce,
J'en prends un à la hausse, et prends l'autre à la baisse.

ALFRED, riant.

Bon !

ESTELLE.

J'ai besoin d'avoir des gens gais sous les yeux,
Et l'un des deux ainsi sera toujours joyeux.

Dans la pièce de Mercier, intitulée *Charles II dans un mauvais lieu*, il n'y a pas un personnage qui tienne un langage plus cynique.

6

M. Ponsard a cru certainement, en écrivant le rôle d'Estelle, faire un chef-d'œuvre de coquetterie et d'esprit, mais le chef de l'école *du bon sens*, et non *du bon goût*, s'est trompé en cela comme dans tout le reste. Il a le rire contraint, la gaieté triste, et sa plaisanterie est toujours lourde, quand elle n'est pas inconvenante. Ce que nous disons ici, ses intelligents interprètes le sentent très-bien, et l'effort que fait chaque soir mademoiselle Thuillier afin d'atténuer l'effet désagréable que produit cet inqualifiable vers :

Je ne veux pas mourir entre deux matelas,

(Act. III, sc. 1ʳᵉ.)

nous prouve qu'elle a un sentiment beaucoup plus juste que M. Ponsard des convenances dramatiques.

Au cinquième acte, l'auteur a de nouveau essayé d'être plaisant : Julie et M. Bernard échangent quelques mots qui ne sont pas encore du plus pur atticisme :

JULIE.

....Je m'invite, et je viens sans façon.
Cette noce, à vrai dire, est un peu mon ouvrage,

Et me consolera des chagrins du veuvage.

M. BERNARD.

Pas bien grands!

JULIE.

Fi! l'époux que je regrette fort
Eut mille qualités.

M. BERNARD.

Plus, celle d'être mort.

(Act. V, sc. vi.)

Et voyez comme il faut que toujours les fautes se mêlent aux inconvenances de langage :

L'époux que je regrette fort
Eut mille qualités. — Plus, celle d'être mort.

Ce qui veut dire : *il eut* (de son vivant, bien entendu) *la qualité d'être mort.*

Casimir Delavigne a exprimé la même idée dans la *Popularité*, mais avec cette délicatesse dont il n'a malheureusement pas laissé le secret à M. Ponsard :

Tu trouvais bien des torts à cet objet chéri.
— Torts qu'elle a réparés. — En perdant son mari.

Mais laisssons-là le comique disgracieux de M. Ponsard, et voyons de quelle façon il ex-

prime le sentiment. Sur ce point, au dire de
M. Achille Ricourt, un bon juge ! nul n'approche de l'auteur de *Lucrèce*. Cela étant, voulez-vous savoir en quels termes Léon fait le portrait de sa maîtresse?... Ecoutez; et vous serez tout aussi favorablement prévenus que nous
en faveur de mademoiselle Camille Bernard :

DELATOUR.

Le bonhomme a sans doute une fille ?

LÉON.

Céleste,
Douce et noble à la fois, fière et pourtant modeste,
Franche, *éprise du beau, haïssant les gens plats.*
Et *cachant un grand cœur sous des traits délicats*

DELATOUR.

La peste !

La peste ! répéterons-nous avec Delatour; en
voilà une fille comme il n'y en a guère, une
fille comme il n'y en a pas. Elle *hait les gens
plats !* Tudieu ! le noble caractère ! et de plus,
elle cache un grand cœur sous des traits délicats, mais c'est un prodige que cette femme-là !
Notre amoureux ajoute :

.. .Quels moments ! quelles douces soirées,

Des lueurs du couchant mollement colorées !
Quand nous n'entendions plus que les bruits incertains
Apportés par *le vent des villages lointains !*
Que de choses en moi ce souvenir remue !
J'ai senti sur mon bras trembler sa main *émue;*
J'ai vu, sous la pudeur de ses cils gracieux,
L'aurore de l'amour se lever dans ses yeux.

(Même scène.)

Connaît-on rien de plus prétentieux, de plus recherché et de plus faux que ce langage ? Est-ce ainsi que parle et s'exprime l'homme qui aime d'un véritable amour ?

Mais les deux amants, mis en présence, devisent entre eux d'une manière bien autrement bouffonne :

CAMILLE, à Léon.

....Dites-vous bien ce que vous pensez?

LÉON.

Dieu !

C'était mon rêve ardent et mon unique vœu.

M. BERNARD, cherchant à emmener sa fille.

Allons !

CAMILLE.

Faut-il vous croire ? Et, quand j'étais absente,
Mon image toujours vous fut-elle présente?

LÉON.

Toujours !

CAMILLLE
Quoi ! jamais rien ne l'effaçait ?

LÉON.

Jamais.

Je ne voyais partout que celle que j'aimais.
Dans les murs de Paris, *je rêvais à l'allée*
Où l'heure tant de fois s'est si vite écoulée.

CAMILLE.

Vous souvient-il, Léon, des *beaux soleils couchants?*

LÉON.

Du bruit des chariots qui revenaient des champs?

CAMILLE.

Du jour, où, travaillant à *charger le fourrage,*
Nous fûmes dans les prés assaillis par l'orage?

Comprend-on que deux amants, après une longue séparation, n'aient pas autre chose à se dire? Les *soleils couchants, les bruits des chariots dans les champs, l'orage, le fourrage;* mais mieux vaudrait le plus plat marivaudage que cet insignifiant bavardage. En vain on attend, on écoute, il ne leur échappe pas, dans cette scène, un mot, un seul, qui révèle un sentiment profond et vrai? N'est-ce pas le cas de dire avec M. Ponsard :

....L'amour faisait silence.
Point de ces mots brûlants que la passion lance.

(Act. Iᵉʳ, sc. iv.)

Ainsi, ce Léon qui n'a pas hésité de risquer toute sa fortune pour *conquérir* Camille, ne trouve pas, lorsqu'elle lui est rendue, un seul mot vraiment tendre qui témoigne de l'ivresse qu'il devrait ressentir. C'est en exclamations que sa passion s'épanche : *Dieu! Toujours! Jamais!* Puis, il ajoute pour lui bien prouver qu'il lui est resté fidèle :

Je ne *voyais partout* que celle que j'aimais
Dans *les murs de Paris*, je rêvais *à l'allée*,
Où *l'heure tant de fois s'est si vite écoulée.*

substituant les faits matériels, les circonstances locales, à la peinture de sa douleur passée, de sa joie présente.

Mais le chef-d'œuvre de la recherche, le modèle achevé de cette poésie fade, maniérée et fausse, qui met l'image à la place du sentiment, le voici :

Quelle pudeur suave en son touchant aveu!
Qu'elle est belle! Sa vue en moi faisait renaître
Tout le charme innocent de *notre amour champêtre,*
Frais comme le lilas qui sur nous s'inclinait,
Et pur comme le ciel qui nous environnait.

(Act. II, sc. iv.)

Ceux de nos lecteurs qui n'ont pas assisté à la représentation ne peuvent se rendre compte de l'effet désagréable que produisent ces vers, en arrivant à l'oreille par saccades, et à travers le clapotement nasillard de M. Laferrière.

Mais Reynold, le sage Reynold, doit parler de son amour en de meilleurs termes; écoutons-le à son tour :

Je sens là des trésors d'amour pour une femme.

Cela n'est pas trop mal; mais attendons et laissons-le poursuivre :

—Mais, *bah!* la fleur sauvage embaume les déserts;
La perle est enfouie au plus profond des mers;
Nulle vierge jamais ne mettra pour sa fête
Ni la fleur à son sein, ni la perle à sa tête;
Et moi, qui cache un cœur d'amour tout parfumé,
Je suis fait pour aimer et n'être pas aimé.

M. Ponsard a dû retrouver ces vers en quelque coin de son portefeuille, et il les aura plaqués dans cette scène, uniquement pour ne pas les perdre; mais cette mièvrerie poétique dans la bouche d'un soldat ne produit-elle pas la plus désagréable dissonance, et ne semblet-il pas qu'on entend la *Chute des feuilles* de Millevoye, récitée par Grassot en costume du sire de Framboisy?

Reynold est certainement de notre avis, car il se sent si confus d'avoir laissé échapper ces accents langoureux et plaintifs, qu'il se hâte de dire assez brutalement à sa cousine :

Les femmes sont étranges !

D'esprit et de sottise, incroyables mélanges !
L'imbécile et le fat leur semblent accomplis;
Toujours les moins aimants sont les mieux accueillis.
S'il est un fol amour que suivront les mécomptes,
A courir au-devant vous les trouverez promptes;
Mais après les aveux d'un homme bien épris,
Elles feront semblant de n'avoir pas compris.

Il est temps de nous arrêter; et pourtant nous sommes loin, bien loin d'avoir tout dit : nous avons passé sous silence, nous le confessons, beaucoup de fautes, et des plus graves. Mais, s'il nous fallait relever tous les termes impropres, les expressions basses, les mots surannés, les tours vicieux, les constructions étranges, les ellipses inexplicables, les redondances

ridicules, les alliances de mots impossibles, les
dissonances aigres, les cacophonies choquantes
dont l'œuvre est remplie, nous succomberions
à la peine.

Nous croyons toutefois avoir fait assez pour
qu'on sache en quel degré d'estime on doit tenir M. Ponsard comme poëte et comme écrivain.

Que si l'on voulait savoir quelle est la durée
probable de cette étonnante fortune littéraire
que rien ne justifie et n'explique, nous l'a-
vouons bien franchement, nous ne saurions le
dire ; car ce qui a été jusqu'à présent le résultat d'une aveugle fantaisie du public pourrait
se prolonger si M. Ponsard prenait définitive-
ment l'art et la langue au sérieux.

Nous ne le cacherons pas cependant, l'avenir
nous fait peur pour l'auteur de la *Bourse*; et,
très-probablement, comme son prédécesseur à
l'Académie française, M. Baour-Lormian, l'auteur d'*Omasis* et de *Mahomet II*, après avoir
joui d'une éclatante mais courte renommée, il
subira, de la part du public qui aujourd'hui le
prône et l'exalte, cette indifférence que suit si
rapidement l'abandon et l'oubli.

Notre tâche est terminée : nous l'avons entreprise avec résolution et accomplie sans la moindre défaillance. Nous avons cru nécessaire de rappeler au sentiment de l'art une génération qui se fourvoie et un écrivain qui s'égare : et nous l'avons fait sans qu'aucune considération vulgaire nous ait retenu.

Il se peut que beaucoup de partisans de M. Ponsard méconnaissent nos intentions et les calomnient, et que quelques-unes des sympathies qui nous sont chères nous manquent en ce débat; mais, en attendant qu'elles nous reviennent, nous chercherons et nous trouverons notre consolation dans le sentiment du devoir accompli.

FIN.